PIERRE   DELOCHE

TRAITÉ

DE PÊCHE

A LA LIGNE

—

20 CENTIMES

PARIS

A.-L. GUYOT, Éditeur

12, Rue Paul Lelong, 12

EDITION.   Algérie, Colonies et Etranger : 25 centimes

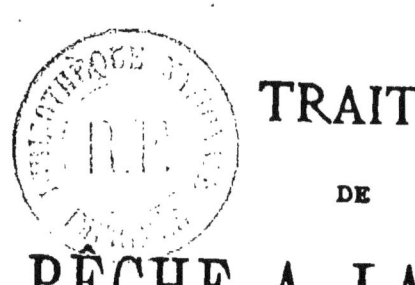

TRAITÉ

DE

PÊCHE A LA LIGNE

PIERRE DELOCHE

TRAITÉ

DE

PÊCHE A LA LIGNE

PARIS

A.-L. GUYOT, ÉDITEUR

12, rue Paul Lelong

TOUS DROITS RÉSERVÉS

AVANT-PROPOS

———

La pêche à la ligne est un passe-temps des plus en vogue. Délassant, peu dispendieux, fertile — quoiqu'en puissent dire les sceptiques ignorants — en fortes émotions, il fait la joie du travailleur, non moins que du rentier, du bourgeois, voire de l'homme d'art ou de science.

Il serait facile de donner ici le nom des célébrités qui n'ont pas dédaigné cette occupation, dite frivole, par les gens à raisonnement court et à plaisanteries faciles. D'aucuns — non des premiers venus — ont brisé des lances en l'honneur de la pêche, Alphonse Karr, par exemple, qui se demande quelque part, s'il est vraiment plus intelligent de passer ses journées, ses soirées dans des salons ou cabarets sans air, à crier : « Cœur — pique — trèfle — carreau — atout — je coupe — je passe, etc. »

Mais dans ce livre, nous n'avons pas l'intention de polémiquer ; nous ne chercherons pas non plus à faire des prosélytes. Notre but consiste, tout simplement, à donner aux pêcheurs novices les conseils les plus propres à les transformer en lignards expérimentés. Et si notre bouquin tombe dans les mains d'un de ces derniers, nous ne craignons pas de l'inviter à nous lire ; peut-être trouvera-t-il dans ce traité quelques aperçus nouveaux dont il fera bon profit.

Ceci dit, et sans plus de discours, nous allons rentrer de plein pied dans la pratique.

CHAPITRE I

VOCABULAIRE DES TERMES DE PÊCHE

A

Achées. — Vers rouges ou de terreau servant d'appât. La perche et l'anguille en sont fort gourmandes ; le goujon les apprécie également très fort.

Alevins. — Petits poissons de diverses espèces qu'on jette dans les rivières, étangs, etc., pour faciliter le repeuplement.

Ambout. — Extrémité flexible de la canne à pêche.

Amorce. — Préparation qu'on jette dans l'eau pour attirer le poisson en un endroit déterminé.

Appât. — Ver, mouche, vif ou substance quelconque que l'on fixe à l'hameçon.

Appelet. — Corde à laquelle sont fixés plusieurs lignes et plusieurs hameçons.

Archet. — Baguette d'une très grande flexibilité, au milieu de laquelle on attache les lignes de fond.

Ardillon. — Pointe barbelée de l'hameçon.

Arondelle ou Harouelle. — Corde garnie de lignes latérales et qui s'attache sur la rive au moyen de petits piquets.

Asticots. — Vers de viande qui constituent l'un des meilleurs appâts pour les petits poissons.

Au coup. — Voir *Coup*.

B

Bachot. — Bateau dans lequel s'installe le pêcheur qui désire lancer sa ligne au milieu de la rivière.

Bachoteur. — Celui qui conduit le bachot.

Bannière. — La partie de la ligne qui se trouve au-dessus du flotteur.

Bât. — Lorsqu'on mesure un poisson, entre

œil et bât, cela veut dire depuis l'œil jusqu'à l'angle de la fourche de la queue.

Blanchaille. — On désigne ainsi le menu fretin blanc : ablette, vandoise, etc.; la blanchaille constitue la friture dite de Seine.

Boire. — Bras mort d'une rivière, c'est-à-dire où le courant ne se fait nullement sentir.

Bolantin. — Pêche qui se pratique en bateau, avec des lignes ordinaires tenues à la main.

Bouchon. — Flotteur en liège.

Bouiller ou Bouffer. — Gratter le fond sableux de la rivière avec une gaule, ou *bouille*, ou *bouloir*, afin de troubler l'eau et d'attirer les goujons sur le coup ; souvent la bouille est garnie au bout d'une vieille savate ou tout autre objet permettant de remuer le sable plus facilement.

Bouilleurs. — Ceux qui battent l'eau et fouillent avec des bâtons dans les herbes, pour effrayer le poisson et le forcer à sortir de sa cachette.

Boutique. — Vivier ménagé à l'avant du bateau et dans lequel le pêcheur met ses victimes, pour les empêcher de mourir.

Branchies. — Organes respiratoires des poissons on les nomme vulgairement *ouïes*.

Branlette. — Voir *Dandinette*.

Bricole. — Corde à laquelle sont attachées plusieurs lignes. On la suspend à une branche d'arbre ; on peut aussi la soutenir sur l'eau avec du liège ou un paquet de roseaux. On dénomme également ainsi l'hameçon double fixé à une ligne de main, et qui sert pour la pêche du brochet.

Brogner. — C'est ferrer le poisson dans la pêche au vif.

C

Canne ou **Cannette.** — Gaule faite de plusieurs morceaux et terminée par un scion au bout duquel on fixe le fouet.

Chatouille. — Petit poisson du genre lamproie que l'on trouve dans la vase. Il reste des heures sans cesser de s'agiter au bout de l'hameçon. Appât excellent pour la truite et l'anguille.

Cordée. — Longue corde garnie d'hameçons de distance en distance et qui sert pour la pêche dormante de nuit.

Corps de ligne. — Fil tendu de la ligne.

Coup (Au). — Pêcher au coup, c'est se tenir à l'endroit amorcé soit la veille, soit quelques heures avant la pêche ; se dit par opposition à la pêche *à roder*, qui se fait ici où là, au hasard, n'importe où, à la *flottante* ou à la *volante*.

Cuiller. — Engin de pêche garni d'hameçons et muni d'un émerillon, auquel on imprime en remuant le bras un mouvement de rotation. Le brochet, la truite, la perche, mordent volontiers à ce leurre, dont les brillants éclats ont quelque ressemblance avec les écailles argentées de certains poissons. Employer de préférence des cuillers en argent, les autres s'oxydant trop rapidement au contact de l'eau.

D

Dandinette. — La pêche à la *dandinette* ou *branlette* se pratique avec une courte ligne, au vif, et plus souvent au poisson artificiel. On élève et abaisse le bras sans arrêt pour imprimer à l'appât le mouvement qui doit attirer l'attention du poisson. On prend avec ce procédé le brochet, la perche, la truite, comme à la cuiller.

Dégorgeoir. — Petit instrument en fer, cui-

vre ou corne se terminant par une fourche. Il
sert au pêcheur à faire rendre l'hameçon par les
poissons trop goulus qui l'avalent profondé-
ment; à cet effet on leur introduit le dégorgeoir
dans la gueule, la fourche appuyée sur l'empile.

Dégorger. — C'est faire perdre au poisson
un goût de vase trop prononcé, en le maintenant
vingt-quatre heures dans de l'eau de puits ou de
source. — Se dit encore à propos de l'emploi du
dégorgeoir.

Dévriller. — Détordre une ligne enroulée sur
elle-même.

Dormante. — Ligne de fond attachée sur la
rive à un pieu quelconque. Ce terme s'applique
aussi aux *cordées*.

E

Embecquer. — Garnir l'hameçon d'un appât:
synonyme de *escher*.

Emerillon. — Sorte d'anneau qui s'ouvre
et tourne dans une virole. On s'en sert dans la
pêche du brochet pour empêcher la ligne de
vriller, c'est-à-dire de se nouer.

Empile ou Monture. — La partie de fil

racine ou crin qui couvre la tige de l'hameçon **et** l'attache à la ligne.

Empiler. — Attacher l'hameçon.

Enferrer. — Fixer à l'hameçon une **amorce** vivante.

Epine-vinette. — C'est le chrysalide rouge-brun du ver de viande ; ce nom lui est donné **par** les pêcheurs à cause de sa ressemblance avec le fruit du *vinetier*. Appât excellent pour le gardon **et** la vandoise.

Epuisette. — Petit filet rond ou ovale, monté sur un cercle en fil de fer très fort et fixé à une gaulette au moyen d'une tige de fer. Cet instrument est indispensable au pêcheur pour la capture des belles pièces qu'on ne pourrait tirer hors de l'eau sans se faire démonter. On le glisse sous le poisson lorsqu'on l'a suffisamment fatigué.

Esche. — Appât.

Escher. — Garnir l'hameçon d'un appât.

F

Ferrer. — Mouvement habile du poignet sur la gaule qui, se répercutant le long de la ligne, fait pénétrer la pointe de l'hameçon dans la bouche du poisson au moment psychologique. Tient une grande place dans l'art de pêcher. Les novices, en l'exécutant mal, ratent neuf poissons sur dix.

Filoche. — Petit filet à mailles fines. Le pêcheur y place ses victimes, et les conserve vivantes en baignant dans l'eau le fond de la poche. Le cordon de serrage s'attache soit à un pieu, soit à une racine d'arbre.

Florence. — Espèce de filament fourni par le ver à soie et connu sous le nom de *crin de Florence.*

Flottante (Ligne). — Celle qui est pourvue d'un flotteur.

Flotte ou Flotteur. — Morceau de plume ou liège qui empêche les plombs d'aller au fond de l'eau, et avertit le pêcheur des attaques du poisson.

Fond. — Nature du sol sous l'eau, ou sa profondeur.

Fouane. — Sorte de fourche barbelée ou trident dont on se sert pour piquer le gros poisson soit au fond de l'eau, soit dans la pêche de nuit à la surface, ou encore lorsqu'il est impossible de l'avoir avec l'épuisette.

Fouet. — Corps de la ligne.

Fouetter (Pêche à). — Se pratique à la ligne *volante* sans flotteur.

Frai. — Œufs de poisson.

G

Gaffe. — Perche munie d'un croc de fer à deux branches. Son usage pour le pêcheur est le même que celui de la fouane.

Gaule. — Branche longue et flexible d'orme ou de cornouiller. Son élasticité en fait un très bon engin de pêche.

Gluie. — Panier couvert dans lequel on met le poisson capturé.

Grappin. — Tige de fer à dents recourbées, servant à relever les lignes dormantes On appelle également *grappin*, l'hameçon à trois crochets pour la pêche du brochet.

Grelot (Pêche au). — Se pratique sans flotteur en adaptant au bout du scion, un petit grelot. Aussitôt qu'il tinte, ferrer vivement. On peut, avec ce système, tendre plusieurs lignes, mais il est bon d'avoir des grelots de son différent, pour le cas échéant, savoir à quelle ligne courir.

Grosse-mère. — Sobriquet familier de la carpe.

H

Habiller. — Ecailler le poisson, le préparer pour la poele.

Haï. — Remous de l'eau. Le poisson s'y tient volontiers pour n'avoir pas besoin de lutter contre le courant et guetter à l'aise sa proie.

Hameçon. — Petit crochet à dent barbelée où s'accroche le poisson. Il peut être double ou même triple, pour la pêche du brochet par exemple.

Harouelle. — Voir *Arondelle*.

Henriot. — Sobriquet des petites brèmes.

Houlé. — Le poisson est *houlé* quand il se tient sous les houles le long des rives.

I

Ichtyologie. — Partie de l'histoire naturelle qui traite des poissons.

Ichtyophage. — Se dit d'un peuple qui vit presque exclusivement de poissons ; se dit aussi du brochet, de la perche, de la truite, grands exterminateurs de leurs congénères.

J

Jeux. — Lignes de fond que l'on pose généralement la nuit. Dans la pêche aux jeux, il faut se donner quelque mal, pour bien régler le jeu, relever et changer l'esche.

Jonc. — Tige de roseau employée comme canne à pêche.

Juerne ou **Juerneau** ou **Juène.** — Nom donné, par corruption, au *chevesne* ou *chevenne* qu'on appelle aussi *meunier*.

L

Lancé (Pêche au). — Consiste à lancer sa ligne au milieu du courant et à la laisser dériver, étant placé sur le parapet d'un pont ou sur une berge élevée.

Leurre. — Appât factice, mouches ou poissons artificiels brillants.

Lignard. — Sobriquet bien connu du pêcheur à la ligne.

Ligne. — Le crin ou cordonnet de soie fixé au scion qui porte l'hameçon.

Lombric. — Voir *Achées*.

M

Meunier. — Nom du *chevesne* ; voyez au mot *Iuerne*.

Monture. — Voir *Empile*.

Moulinet. — Petit treuil qui se fixe à la canne à pêche et sur lequel s'enroule, au moyen d'une manivelle, une certaine quantité de ligne. La ligne remonte jusqu'au scion en passant par différents anneaux, et lorsque le poisson tiré est trop fort, on laisse le moulinet se dérouler ; on enroule ensuite et on lâche encore du fil, si c'est nécessaire, jusqu'à ce que la proie soit fatiguée.

On peut pêcher au *moulinet* sans canne du haut d'un pont ou d'une berge élevée.

N

Noble. — Sobriquet du brochet, en raison de ce qu'il dévore le menu peuple.

Noquet. — Appât taillé en petit cube fabri-
qué avec du pain de chénevis.

Noyer. — C'est fatiguer le poisson qui tire
trop sur la ligne et, par antithèse, lui faire sortir
hors de l'eau la tète, ce qui épuise rapidement
ses forces.

P

Pantène. — Filet à anguilles.

Pelote. — Boule de terre pétrie avec des asticots, du blé cuit, du son, etc., et que l'on jette
dans l'eau pour attirer le poisson en un endroit
déterminé.

Peuple. — Menu fretin, par opposition à
Noble.

Piquer. — Effleurer l'épiderme du poisson
sans le prendre.

Pirates. — Ceux qui détruisent le poisson
petit ou gros par tous les moyens licites ou non ;
dévastateurs du domaine aquatique.

Plioir. — Planchette échancrée aux deux
bouts qui sert à enrouler les lignes.

Plomber. — Fixer au bas de la ligne, de
petits plombs fendus par le milieu.

Portefaix ou Portebûche. — Petit ver blanc ou jaunâtre, que l'on trouve dans de brindilles de bois pourris au fond des fossés o des ruisseaux. C'est la larve de la libellule.

Postillons. — Petits morceaux de liège atta chés de distance en distance à une ligne à bro chet, pour la maintenir à la surface de l'eau.

R

Raquette. — Autre nom de l'épuisette.

Roder (Pêche à). — Celle qui se fait au ha sard, ici ou là, et non dans un endroit amorc par exemple.

Roussaille. — Est à peu près synonyme d *blanchaille*; en tenant compte de l'aspect plu coloré de certains fretins, comme le gardon, etc. s'applique aussi aux petits poissons d'étang.

S

Scion. — Se dit d'une gaule mince, mais plu particulièrement de la partie flexible qui termin la canne à pêche.

Sédentaire. — Genre de pêche à la ligne dormante.

Sonde. — Plomb garni d'un anneau qu'on accroche à l'hameçon pour connaître, avant de jeter sa ligne, la profondeur exacte et la nature du fond de la rivière.

Sonder. — Employer la sonde.

Sousrive. — C'est le nom des trous qui se trouvent en retrait du rivage, sous les souches d'arbre.

Soutenir. — C'est maintenir la ligne légèrement tendue lorsque le poisson tâte l'appât. — *Pêcher à soutenir*, c'est pêcher sans canne et sans flotteur en tenant la ligne à la main, du haut d'un pont par exemple.

T

Taquiner le goujon. — Pêcher au petit poisson.

Terrir. — Les poissons se terrissent lorsque, par les grandes chaleurs ils s'approchent des rives.

Tiercelet. — Synonyme d'alevin.

Toron. — Ligne de crins tressés, plus maniable pour la pêche à fouetter.

Touche. — On a une touche, lorsque le poisson morcille l'appât sans s'y prendre.

Traîne. — Longue ligne garnie d'un leurre. Monté en bateau on la déroule à mesure d'une marche lente.

La pêche ainsi pratiquée se nomme *au doigt*, étant donné qu'aussitôt l'attaque du poisson, on retire vivement la ligne par un mouvement de l'index.

V

Vif. — Petit poisson servant d'appât pour la pêche du brochet, de la truite et la perche.

Volante. — Ligne sans flotte ni plomb.

Volée (Pêche à la). — Celle qui se fait à la ligne volante.

Vriller. — Une ligne se vrille quand elle se tord sur elle-même.

CHAPITRE II

Influences de la température. — Quelques conseils pratiques

L'état de l'atmosphère exerce une énorme influence sur le résultat de la pêche. Il est tel temps par lequel le plus malin revient bredouille ; avant de promettre une friture à ses amis et connaissances, il faudra donc examiner l'état du ciel et voir d'où vient le vent.

Sur les dix mois que dure la saison de pêche, il est aussi des époques plus ou moins favorables ; nous allons étudier ces divers points.

Par une chaleur très intense, ne comptez pas prendre beaucoup de poissons, car elle empêche les plus voraces mêmes de sentir les effets de l'insatiable appétit dont la nature les a doués.

Secs ou froids, suivant les saisons, les vents du nord, nord-est et est surprennent et inquiètent le poisson, qui cherche un asile dans les trous et sous les herbes. Le sud-est, nord-ouest et ouest ne valent pas grand'chose.

Si la foudre se fait entendre, inutile de monter votre ligne; ça ne mordra pas.

Au contraire, si le vent souffle, mais non trop fort, du sud ou sud-ouest, rendant l'atmosphère lourde, sans trop de chaleur pourtant, ou encore si le temps est à l'orage et que les nuages s'amoncellent de toutes parts, le poisson frétille, s'agite et quitte le fond pour venir poursuivre l'insecte ailé qui rase la surface de l'eau; vous pouvez alors vous réjouir, car la pêche sera sûrement bonne.

Le vol de l'hirondelle poursuivant lesdits insectes, qui eux-mêmes montent et descendent avec le baromètre, vous sera un pronostic infaillible.

Le meilleur temps pour la pêche est donc un temps lourd, un peu chaud, avec un ciel nuageux et un vent modéré entre sud et ouest.

Pendant l'été, il sera préférable de pêcher dès le lever du soleil jusque vers les dix heures, et au déclin du jour; tandis que dans l'hiver l

moment à préférer sera le milieu de la jour-
ée.

Une légère brise qui ride à peine l'eau vaut
mieux qu'un calme absolument plat ; jetez alors
votre ligne partout où vous croirez que le poisson
e cache.

Certains pêcheurs disent que les temps de
pluie sont excellents ; il y a du vrai, mais il ne
faut pas confondre. Pendant que l'eau tombe, le
poisson ne mord guère, et ce que l'on prendra le
plus certainement... c'est un bon bain. Aussitôt
la pluie passée, essayez quelques coups ; il y a
des chances de réussite, notamment avec la
mouche artificielle. Après une averse d'orage,
rien à faire.

Les mois les meilleurs sont août et septembre ;
pendant l'automne, l'hiver et le printemps, on
peut réussir lorsque la température se montre
clémente, mais jamais dans la même mesure.
Lorsque les rivières sont gelées, on peut prendre
beaucoup de poissons dans les parties libres.

Lorsque vous lancez votre ligne, faites en sorte
que l'hameçon tombe doucement à l'eau. Si peu
de bruit qu'il fasse en prenant contact, le poisson l'entendra et viendra, si le cœur lui en dit,
se rendre compte. Si le heurt est trop fort, sa

méfiance naturelle est excitée et il joue des nageoires.

Beaucoup de pêcheurs, dans l'espoir de capturer davantage, tendent plusieurs lignes; ce
système est mauvais, car on ne peut les surveiller comme il convient et pratiquer en temp
l'opération délicate du ferrage.

Toutefois, on peut faire une exception pour le
brochet. Ce vorace avale si gloutonnement sa
proie, qu'il s'enferre de lui-même et toujou
franchement.

La mise hors de l'eau est, de l'avis des vrais
pêcheurs, beaucoup plus difficile que le ferrage;
ceux qui sont habitués à ne prendre que de
petits poissons donnent un coup sec et enlèven
d'autorité, mais pour peu que le poisson soit de
belle taille, on sera toujours démonté en agis-
sant de la sorte, à moins que l'on ne déchire la
gueule du poisson, ce qui dans les deux ca
amène la perte du butin.

Aussitôt, donc, que vous soupçonnerez quelque
chose, donnez un léger coup de poignet, et s
vous sentez une résistance inaccoutumée, n'es
sayez pas d'enlever à tout prix, contentez-vou
de maintenir votre scion le plus haut possible
afin d'opposer son élasticité aux efforts de la

grosse bête. Pas de secousse brusque. Promenez le rebelle d'ici de là, sans lâcher de fil, car le poisson en profiterait pour gagner les herbes, une retraite, dont on ne pourrait plus l'arracher, ou encore vous romprait-il d'un violent coup de nageoires.

Lorsque votre poisson est suffisamment fatigué, tâchez d'amener sa tête hors de l'eau, ce qui lui retire la moitié de ses forces ; après quelques instants de ce régime, enlevez-le verticalement. Si vous disposez d'une épuisette, cette période de lutte pourra être abrégée.

Mais il ne suffit pas de pêcher par une température favorable, et de savoir bien ferrer pour prendre du poisson, il faut encore connaître les bons endroits, c'est-à-dire les lieux où le poisson se tient de préférence.

Ainsi les haïs ou remous sont d'excellentes places pour la pêche ; le poisson, qui n'a pas à y lutter contre le courant, s'y embusque volontiers pour guetter les détritus de tous genres entraînés au fil de l'eau. Les haïs se trouvent à l'arrière des obstacles qui s'opposent à un grand courant : île, culée de pont, petite baie ou avancée de terre dans la rivière. Le haï est d'autant meilleur que la vitesse du courant est plus grande.

Si vous vous placez à l'extrémité du haï, vous serez en possession de ce qu'on appelle un bon endroit. Sont également de bonnes places, les eaux profondes sous une haute berge, les côtés des bateaux longtemps stationnaires, les barrages des canaux, les avals d'abattoir, d'usine, de moulin, etc.

Pêchez toujours en descendant, puisque le poisson remonte.

Un dernier conseil avant de terminer ce chapitre : autant que possible, ne demeurez pas à la vue du poisson, ce serait le moyen de le faire disparaître. Pour la même raison, veillez à ce que le soleil levant ou couchant ne projette pas votre ombre sur la rivière. Egalement, n'employez pas de grosse flotte, le poisson s'en effraie facilement.

Par contre, il ne craint pas le bruit venant de la rive et qu'il perçoit peu autant que certains le disent.

Rien donc ne vous oblige à vous astreindre à l'immobilité et au silence complets.

Il en est autrement des bruits que l'eau peut lui transmettre, et qu'il convient d'éviter le plus possible.

Après ces conseils d'ordre général, nous étudierons successivement les instruments de pêche, les amorces, les appâts, la pêche de chaque poisson en particulier, et enfin les lois et règlements qu'il importe au lignard de ne pas ignorer.

————

CHAPITRE III

LES INSTRUMENTS DE PÊCHE

La Canne à Pêche

Pour prendre du poisson, il faut non seulement connaître ses habitudes, mais encore être bien armé contre un adversaire que l'on aurait tort de considérer comme dépourvu de raisonnement.

On vend chez les marchands d'articles de pêche des cannes de tous genres, depuis la simple gaule, jusqu'à la canne de ville, renfermant nombre de pièces qui s'ajustent — plus ou moins solidement — les unes au bout des autres.

A part cette dernière qu'il sera bon de laisser au pêcheur qui « le fait à la pose », nous n'exclurons aucun système, et nous nous bornerons à indiquer les qualités principales d'une bonne canne à pêche.

Plaçons au premier rang la solidité et la souplesse.

Sous ce rapport, toute canne démontable, généralement faite de roseau, laisse à désirer. L'effort d'un poisson récalcitrant peut la disjoindre ou même la casser. Néanmoins, en raison de sa commodité, l'usage en est très répandu; on devra donc lorsqu'on pêche la grosse bête, mouiller les tenons au moment du montage ; on obtiendra ainsi une très grande adhérence par le gonflement du bois.

Préférer au roseau, pour éviter une cassure, les cannes de frêne, érable, hickory, coudrier ou noyer blanc d'Amérique. Signalons aussi les cannes démontables à vis, en bambous et en bois de Greenheart qui donnent toute satisfaction au point de vue de la solidité, de la souplesse et de la commodité.

La partie de la canne qui réclame le plus d'attention et le plus de discernement dans le choix de la matière, c'est le scion. De sa flexibilité dépend l'habile ferrage ; de sa résistance dépandent les belles captures.

Les meilleurs scions sont fait de baleine, d'épine noire durcie au feu, de néflier, ou de véritable bambou.

Si vous avez acheté une canne démontable, il sera bon de changer vous-même le scion habituel contre un de ceux indiqués ci-dessus.

Si, pour arme, vous avez une simple gaule de noisetier, un jonc, un bambou, etc., coupez-la à une hauteur donnée, taillez-la en sifflet, ou biseau très allongé, et ajustez-y le scion, que nous conseillons de préférence, au moyen d'un fil poissé solide et fin, dont vous faites une ligature serrée sur toute la longueur des biseaux.

Les gaules d'une seule pièce réunissent rarement toutes les qualités désirables de solidité et de souplesse.

Nous ne dirons rien de la longueur de la canne ; elle est absolument subordonnée au genre de pêche et aux commodités d'abord des bons endroits.

La Ligne

Le fil qui s'attache à l'extrémité du scion, et

porte à l'autre bout le crin où se trouve fixé l'hameçon, est le *corps de ligne* proprement dit, ou *fouet*.

Pour la pêche du fretin, on préfèrera le crin blanc de cheval, en raison de sa presque invisibilité dans l'eau. Si l'on veut plus de force, on n'aura qu'à prendre une ligne faite de 2, 3 ou 4 crins tordus ensemble.

Mais lorsqu'on vise une proie d'une certaine grosseur, on emploiera de préférence la racine ou crin de Florence, tiré du ver à soie, par des procédés qu'il est inutile d'expliquer ici, et qui offre à grosseur égale la résistance d'une demi-douzaine de crins ordinaires.

Notons pourtant que la racine perd rapidement de sa force si on ne la sèche bien avant de la remettre au ploir.

Pour le brochet, ou autres voraces qui se jettent avidement sur l'appât, on peut choisir le cordonnet de soie, le fil de lin, ou le fil de pite tiré des feuilles de l'agave d'Amérique.

Ces fils ou cordonnets sont très solides, mais ils ont le désavantage de se vriller, à moins qu'on ne les ait fait bouillir une heure dans de l'huile de lin, ce que devraient avoir pratiqué les marchands d'articles de pêche ; mais comme il arrive le plus souvent qu'ils l'ont négligé, il sera prudent d'exécuter soi-même cette opération.

En somme, lorsque vous supposez la résistance suffisante pour le poisson visé, préférez toujours la ligne la plus fine.

Le haut de la ligne peut être plus fort que le bas, c'est-à-dire composé d'un plus grand nombre de crins, de façon qu'en cas de rupture, vous n'ayez à changer que la partie inférieure de la ligne.

Le cordonnet de soie avec bas de ligne en racine répondra à tous les *desiderata*, dans le sens susdit et pour les gros poissons.

Si vous employez du crin, procurez-vous celui de cheval, et non de jument, qui est souvent brûlé par l'urine.

Si vous voulez teindre votre ligne de crin pour lui faire prendre la couleur de l'eau, mettez-là quelques minutes dans une infusion de thé vert presque bouillant.

Pour fixer votre ligne au scion, enroulez autour de l'extrémité de ce dernier quelques tours de fil poissé.

La saillie suffira pour retenir votre fil au moyen d'une simple boucle coulante, qui résistera à tous les efforts du poisson. Si au contraire vous l'attachez sans cette précaution par des doubles nœuds répétés, vous risquez de perdre à chaque coup un morceau de ligne, obligé que vous serez de couper le fil, ou, si l'attache est mal faite, vous serez démonté par glissement.

Aussitôt votre pêche terminée, avant de plier bagage, il sera sage de faire sécher votre ligne étendue. Elle se conservera plus longtemps, et ne prendra pas de mauvais plis; comme il arrive lorsqu'on l'enroule mouillée autour de la canne ou du plioir.

Le Flotteur

Le choix judicieux de la canne et de la ligne a une grande importance, mais l'agencement du flotteur est un point absolument capital; c'est pour vous une sonnette d'avertissement, c'est pour le poisson une cloche d'alarme.

La finesse que nous attribuons au poisson, à l'encontre des contempteurs des espèces animales, est toute en rapport avec son mode d'existence. Accordons, si vous voulez, qu'elle est surtout faite de méfiance, et tirons en la conséquence logique.

A partir seulement du flotteur, vous êtes en communication sensible avec votre gibier, car s'il mord, s'il tire, vous n'en avez d'abord aucune répercussion sur le corps non tendu de la ligne ; il faut donc désormais procéder avec une délicatesse particulière

Mettez-vous un moment dans la peau du poisson. Il voit tomber à l'eau un asticot, un ver, un grain de blé.

— Tiens, se dit-il, une aubaine !... Approchons.

Il accourt et distingue l'hameçon.

S'il est affamé, il ne s'arrête pas pour si peu ; mais s'il est dans un de ses jours de sobriété, qui tiennent, comme nous l'avons dit, plus à la température qu'à une abstinence réelle, il demande à réfléchir.

Pourtant l'asticot, le ver s'agitent, rien d'anormal, le curieux se décide à tâter.

— Hein !... une résistance !... Fuyons !

« Ce bloc enfariné ne me dit rien qui vaille ! »

Conclusion : Ayez le flotteur le plus léger, le moins volumineux le moins apparent possible. Qu'il soit équilibré par les plombs qui font descendre l'appât, de façon que la moindre touche puisse l'entraîner sous l'eau.

N'employez de flotteur en liège que pour le gros poisson, ou celui qui mord avidement; pour le petit et même le moyen, servez-vous d'une grosse plume de dix à douze centimètres, teinte en rouge à l'extrémité supérieure pour que vous la puissiez facilement surveiller. Les plumes d'oie ou autres gros oiseaux font l'affaire; veillez à ce qu'elles soient bien étanches; à cet effet, bouchez-en l'orifice; ensuite, garnissez de plombs votre ligne de façon que la plume se tienne verticalement dans l'eau, émergeant tout au plus d'un demi-centimètre. De même, si vous usez d'un flotteur en liège, arrangez-vous pour qu'il ne dépasse que de très peu le niveau d'eau, et évitez les larges flotteurs en forme de poire ventrue qui s'enfoncent beaucoup plus difficilement que les autres.

Laissez complètement de côté ceux coloriés autrement que par-dessus.

La Monture. — Les Plombs. — L'Hameçon

On appelle *monture* ou *empile* le crin qui fixe l'hameçon à la ligne.

Employez le crin blanc de cheval pour la pêche du petit poisson. Fin et invisible, vous aurez avec lui beaucoup plus de chances de succès; mais il est certain que vous pouvez être facilement démonté pour peu que votre proie atteigne une demi-livre; par conséquent, si vous dédaignez le fretin, montez-vous en racine.

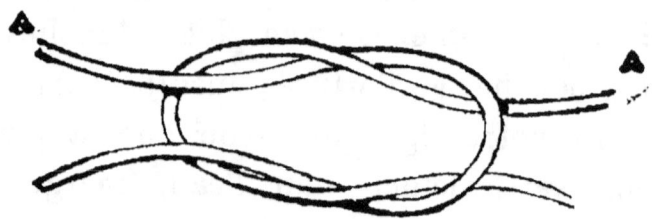

Fig. 1. — Nœud d'assemblage commun nué.

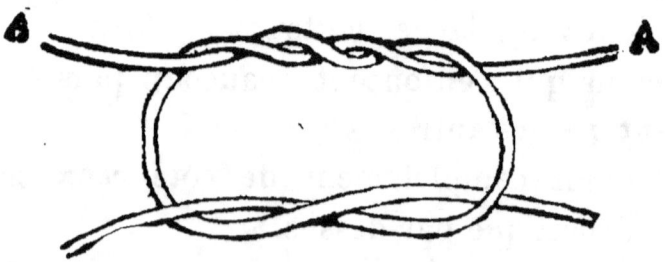

Fig. 2. — Le même avant serrage.

L'attache de la monture à la ligne se pratique au *nœud d'assemblage;* facile à faire, solide, peu volumineux, et qui ne brise pas les fils.

On l'obtient par un double croisement des parties à réunir, formant boucle, dans laquelle on repasse une seconde fois l'un des bouts A A. On serre en tirant les quatre bouts, de ci de là, pour arriver à une jonction propre et complète.

Ce nœud est généralement à préférer pour le rattachement de n'importe quelle partie de la ligne. Avec les fils de lin ou cordonnets de soie, on peut se dispenser de repasser dans la boucle les bouts A A, le glissement ne se produisant pas comme pour le crin.

Sur la monture, de distance en distance, se placent les *plombs* qui doivent faire descendre l'appât au fond de l'eau. Ce sont des grains de plomb de chasse fendus presque complètement par le milieu. On les serre sur la ligne au moyen d'une pince ; à défaut, avec les dents.

Les plombs doivent équilibrer à peu près le flotteur, comme nous l'avons expliqué plus haut ; ils seront donc quant au nombre et à la grosseur proportionnés à la ligne et au flotteur.

Il est bon de diviser la charge le plus possible, au lieu de viser par exemple à n'employer qu'un seul plomb, qui ferait plus de bruit en tombant à l'eau.

Placez le plus bas, à au moins 20 centimètres

de l'hameçon, les autres en remontant, à distance de 5 à 10 centimètres.

On achète d'ordinaire les hameçons *empilés*, c'est-à-dire munis de la monture de crin. Nous donnerons toutefois la façon de pratiquer cet empilage, que les pêcheurs experts préfèrent généralement exécuter de leurs mains; il peut, d'ailleurs, toujours se présenter un cas où l'on ait à utiliser cette connaissance.

Prenez entre le pouce et l'index gauche votre hameçon, de façon que la palette émerge légèrement à droite de vos doigts. Placez sur l'hameçon et dans le même sens un crin plié en deux, formant boucle, laquelle sera dirigée vers la pointe de l'hameçon. L'un des fils, du côté de la palette, n'a que quelques centimètres, l'autre garde toute sa longueur. Avec le bout le plus court tournez à partir de la palette, très serré, côte à côte, sept ou huit tours sur l'autre bout, en remontant vers la pointe de l'hameçon où se trouve la boucle; passez dans cette boucle le crin que vous venez de tourner; maintenez ferme, afin que rien ne se desserre; au besoin, saisissez ce petit bout entre les dents; tirez fortement sur le grand bout qui serre la boucle et le tout; l'hameçon est fixé dans la bonne position, c'est-à-dire qu'il pend droit, sans angle ni nodosité. Il ne vous reste qu'à couper la partie de ce crin qui excède côté pointe et à passer sur le tout, si vous avez ce qu'il faut sous la main, une couche de vernis.

Une tendance à combattre est celle qui consiste à employer de trop gros hameçons. Bien entendu, il faut les choisir en rapport avec le poisson visé, mais dites-vous bien qu'avec un fer plus visible vos chances diminuent, et que d'autre part le plus petit des hameçons peut sans peine accrocher un poisson d'une demi-livre. Pour la même raison, voyez aussi à ce que la tige ne soit pas trop longue, car vous aurez d'autant plus de difficultés à la dissimuler sous l'appât.

Si vous vous apercevez que la pointe de votre hameçon est émoussée, aiguisez-là avec une petite lime, ou changez-le.

L'Epuisette. — La Sonde. — Le Plioir. — Equipement général. — Trousse

L'épuisette est un petit filet rond ou ovale de 30 à 40 centimètres d'ouverture, monté sur un cercle en fil de fer très fort et fixé au moyen d'une tige de fer à une gaulette de 1 m. 50 à 2 mètres de longueur.

On se sert de l'épuisette lorsqu'une prise de forte taille fait résistance. Nous avons dit dans un chapitre précédent comment on fatigue le poisson rebelle. Au moment psychologique, que seule l'expérience vous indiquera, passez l'épuisette sous l'animal ; lorsque vous le sentez bien dans le filet, enlevez.

La sonde est un petit morceau de plomb taillé en cône ou pyramide, avec un anneau au sommet et une traverse de liège sous la base ; elle est indispensable pour connaître la profondeur et la nature du fond de la rivière où l'on pêche.

Passez la pointe de l'hameçon par le petit anneau, accrochez-la par-dessous au liège et laissez couler dans l'eau jusqu'à ce que vous touchiez le fond. En faisant jouer le flotteur le long de la ligne, de manière qu'il s'enfonce un peu au-dessous de l'eau, la sonde touchant le fond, vous aurez une bonne position.

Le plioir est une planchette échancrée à ses deux bouts sur laquelle on enroule les lignes, en commençant par placer l'ardillon de l'hameçon dans l'une des échancrures. L'autre extrémité de la ligne se fixe dans une petite fente ménagée de chaque côté du plioir.

Equipement général, trousse. — Pour être prêt à toutes les éventualités, il est bon d'avoir au moins deux cannes, trois lignes de différentes tailles; que votre trousse soit toujours garnie d'hameçons de grosseurs variées, de crins, de plombs fendus, d'une paire de ciseaux, d'une lime, de fi ... lle petite et grosse, on en a toujours besoin.

Ces divers ustensiles prennent place au départ soit dans le panier du pêcheur, soit dans le seau en zinc à couvercle, soit dans une simple filoche à mailles serrées qui vous servira à mettre vos victimes.

Les appâts variant suivant la pêche projetée, nous n'en parlerons pas ici, mais il est bon de se munir d'esches variées, car parti pour pêcher une espèce, c'est souvent l'autre qui se présentera.

A recommander : l'éponge attachée au bout d'une longue ficelle, indispensable pour se laver les mains après la préparation des boules de terre et autres cuisines.

CHAPITRE IV

———

AMORCES

On dit souvent dans notre beau pays de France :
les pêcheurs sont plus nombreux que les poissons. Tout en faisant la part de l'exagération, il
faut reconnaître que le total des premiers augmente chaque année, tandis que les seconds suivent une progression inverse.

C'est un fait : nos rivières se dépeuplent.

En outre, la gent aquatique n'a plus la con-
fiance des premiers âges : il y a tant de poissons
manqués qui vont le dire aux autres ! Il est donc
nécessaire pour qui rêve une pêche brillante en eau
douce, de faire quelque chose, à quoi ne sont
point tenus les confrères de la grande mer, et ce
quelque chose sera l'emploi de l'amorce.

L'amorce qu'il ne faut pas confondre avec l'appât, est toute substance ou préparation qu'on jette dans l'eau pour attirer le poisson en un endroit déterminé.

Etablissons d'abord un principe qu'il importe de retenir : *Il faut attirer le poisson et non le nourrir.*

C'est-à-dire qu'il serait maladroit de le gaver ou de lui offrir mieux par l'amorce qu'au bout de votre ligne ; l'habileté en l'espèce consistera à exciter leur appétit par quelques menues friandises, mais le plat principal, la bouchée gourmande doit toujours être au bout de l'hameçon.

Nous allons du reste étudier chaque genre d'amorce séparément, et en indiquer le plus productif emploi.

Boules de terre glaise

C'est l'amorce classique et c'est encore la meilleure.

Pétrissez de la terre glaise avec un peu de tout ce qu'aime le poisson : asticots, vers coupés, parcelles de pain de chénevis, son de blé, grains cuits, rognures de gruyère, sang caillé, queues d'écrevisses, mouches, sauterelles, etc.; faites-en des boules et jetez-les à l'eau en un endroit que déjà vous croyez favorable, haï, remous, en tous cas à courant peu sensible.

L'excellence de la boule de terre glaise consiste en ce qu'elle se délaie lentement, laissant échapper une à une ses parties nutritives qui dérivent au fil de l'eau. Il est facile de comprendre comment le poisson à qui échoit l'aubaine, tend à remonter à la source, comment plusieurs s'assemblent successivement autour des bienheureuses boules, guettant l'instant où une parcelle de glaise se fondra, se détachera, livrant passage au débris convoité; comment l'assemblée se grossit peu à peu des poissons petits et gros d'alentour, qui ne sont pas longtemps sans deviner à quoi s'occupent leurs congénères.

Bientôt, ils sont vingt à se jeter sur la moindre proie; il en est dix-neuf dont l'appétit est frustré. Que votre esche descende à ce moment; l'eau légèrement troublée masque le traître hameçon; d'ailleurs, la faim de ces messieurs se double de l'excitation d'une jalouse rivalité; ils ne raisonnent plus, la passion les entraîne, ils sont à vous.

Il ressort du tableau que nous venons d'esquisser, que les boules, pour produire leur entier effet doivent être jetées un certain temps avant la pêche; pour le minimum, deux heures au moins avant de lancer votre ligne.

Pain de chénevis

Lorsqu'on a pressé la graine de chanvre pour en extraire l'huile, ce qui reste est *le pain* ou *tourteau de chénevis* et se vend sous forme de pains cubiques comme engrais. Lorsqu'il est frais, les pêcheurs peuvent en tirer un excellent parti comme amorce; et de fait, il s'en débite considérablement pour cet objet; malheureusement il ne possède pas toujours la fraîcheur désirable, et prend souvent un goût de rance.

Si vous avez du bon pain de chénevis, il pourra vous servir à plusieurs fins.

Jetez-le dans la rivière en morceaux un peu gros, vous attirerez le fretin; et pendant qu'il s'escrimera à détacher les parcelles de tourteau, si commère la perche ou compère le brochet passent à portée, ils accourront immanquablement.

Avec le tourteau ainsi employé, c'est donc le poisson de proie que vous viserez, en pêchant au vif, et non le fretin qui, attaché à une pièce de résistance, ne prêterait pas grande attention à votre asticot.

Si vos désirs sont plus modestes, concassez votre amorce en morceaux que puisse avaler le poisson moyen, et vous appellerez de cette façon la brème, le gardon, le chevesne ou juène, etc.

Il sera encore mieux de réduire en poudre votre pain de chénevis de mouiller cette poudre — qui sans cela nagerait à la surface — et de la jeter à l'eau par petits paquets. Pêchez alors avec un petit cube de pain de chénevis ou un morceau de caillette de veau, et le poisson attiré près de vous par l'amorce qui s'éparpille préférera votre appât qui, naturellement, lui paraîtra plus substantiel.

Son de froment

Le son de froment, peu coûteux, et qu'il est facile de se procurer de bonne qualité en tous temps, remplace assez bien le pain de chénevis.

Si **vous** le jetez sec, il s'étalera sur la surface

de l'eau et appelera le fretin : à leur suite les poissons de proie ; mouillé, il descendra au fond, filera lentement, et pourra vous amener la brème et le gardon. Si vous leur présentez alors, au bout de votre hameçon, un grain de blé cuit, il y a toutes chances pour qu'ils en tâtent.

Drèche

On nomme *drèche* le résidu de l'orge qui a servi à la fabrication de la bière.

Cette substance dont peu de pêcheurs connaissent l'emploi, et qu'on se procurera à bon compte dans les brasseries, donne d'excellents résultats, mélangée avec de la terre glaise.

La brème, la tanche et la carpe en sont gourmandes. En outre, la forme particulière de cette amorce qui rappelle celle d'un vermisseau aide à leurrer le poisson.

On se sert souvent de la drèche pour nourrir le poisson dans les réserves et cet aliment lui profite à merveille.

On peut l'employer comme appât.

Grains

Les *grains de blé cuits* sont une bonne amorce, notamment pour la brème et le gardon.

Mettez-les dans une quantité d'eau suffisante pour n'avoir pas besoin d'en rajouter pendant la cuisson, ce qui les durcirait. Faites cuire doucement, enlevez lorsque le grain commence à crever. Ils seront plus gonflés si vous les avez baignés dans l'eau froide dès la veille; en tous cas, mettez-les sur le feu dans l'eau froide, et non bouillante, ce qui les saisirait et les empêcherait de s'enfler.

Après cuisson, placez-les dans un récipient avec l'eau qui vous a servi de façon qu'ils baignent entièrement; laissez-les macérer pendant deux ou trois jours, sans changer cette eau.

La question se pose maintenant de l'utilité des divers ingrédients que certains pêcheurs ont l'habitude de cuire avec leur blé, et que d'aucuns disent merveilleux: miel, romarin, fenouil, anis, menthe aquatique (le célèbre baume de rivière) essence de santal, teinture de valériane, assa fœtida, etc.

Essayez-en, si le cœur vous en dit, mais n'oubliez pas que le poisson a l'habitude de trouver le grain de blé à l'état naturel dans les rivières où l'entraînent les pluies ; il est alors simplement ramolli ou gonflé par l'eau.

La préparation que nous indiquons a pour but d'identifier à ce dernier votre amorce. Si vous y ajoutez toutes sortes d'ingrédients plus ou moins pharmaceutiques, rien ne prouve que vous ne détournerez pas le poisson au lieu de l'attirer.

Quoiqu'il en soit, dispensez-vous d'acheter les fameuses essences infaillibles qu'annoncent les quatrièmes pages des journaux; elles ne contiendront jamais autre chose que les substances que nous venons d'énumérer.

Le grain d'orge répond au même objectif que celui du blé ; il n'a qu'un inconvénient, c'est que son enveloppe coriace rend difficile son emploi comme esche. La brème en est friande.

Bouse de vache

Le pêcheur n'est généralement pas une petite maîtresse, et puisque l'asticot fâcheusement odorant, ne le fait point reculer, nous ne voyons pas pourquoi il s'étonnerait d'employer l'excellente amorce du juerne qui est la *bouse de vache.*

Qui veut la fin veut les moyens !

Aussi bien à triturer les issues en question, le pêcheur se trouvera en excellente compagnie, ni plus, ni moins qu'avec de savants entomologistes, au besoin membres d'instituts quelconques.

Ceux-ci, en effet, ne recherchent-ils pas dans un autre but, mais avec la même ardeur que le juerne, les insectes ou larves qui pullulent comme chacun sait, sous la croûte noirâtre des dépôts oubliés dans les champs, par les excellentes laitières de nos campagnes.

O bonne vache !... bienfaisant animal !... à qui ne rends-tu pas service ?... Et dire que des malavisés profanent le nom d'un être aussi utile en l'appliquant à une basse et tyrannique police... Ingratitude humaine, voilà bien de tes coups !

Mais revenons à nos poissons. Pour tirer parti de la bouse de vache, délayez-là légèrement, soit dans de l'eau, soit dans du purin et jetez-là au lieu de pêche par petites quantités.

Le parfum *sui-generis* se répandra rapidement aux alentours, et s'il se trouve quelque juerne à portée, il ne tardera pas à s'approcher de votre champ d'action. Eschez dans cette pêche, avec sang caillé, ou cervelle de mouton.

Vous pouvez aussi faire entrer la bouse de vase dans la composition des boules de terre glaise.

Crottin de cheval

Sans valoir l'amorce ci-dessus, le crottin de cheval peut servir au même emploi : il sera surtout bon de le mêler aux boules de terre glaise.

CHAPITRE V

———

APPATS

On nomme *appâts* ou *esches* tout ce qui se pique au bout de l'hameçon. Ils se divisent en *appâts naturels* et en *appâts artificiels*.

Nous allons passer en revue successivement tous ceux qui nous paraissent propres à donner de bons résultats.

Asticot

Malgré sa fâcheuse odeur, c'est l'appât populaire par excellence et point du tout à dédaigner.

On peut enlever aux asticots, ou à peu de chose près, ce parfum désagréable et les rendre du même coup, plus beaux, plus fermes.

Pour cela, il suffira de les placer pendant vingt-quatre heures dans une boîte garnie de son sec; mais lorsqu'on les nettoie ainsi on diminue d'autant leur valeur comme appât.

C'est tellement vrai que certains pêcheurs, peu dégoûtés, nous dirons même imprudents, ont imaginé d'augmenter leurs qualités odorantes en les trempant dans du sang putréfié.

Le procédé est efficace, sans doute, mais il faut avoir de l'estomac pour goûter à une friture pêchée dans ces conditions. D'autre part, la moindre piqûre avec un hameçon imprégné de cette pourriture peut mettre la vie en danger.

C'est l'équivalent de la terrible piqûre anatomique qui, chaque année, enlève quelques-uns des internes de nos hôpitaux.

On achète généralement les asticots chez les marchands d'articles de pêche, mais on peut les cultiver soi-même et les obtenir très beaux.

Placez au grand air, dans un récipient de terre, quelques petits poissons, ou un morceau de cheval, de porc, de bœuf, etc. ; au bout de quelques jours vous verrez pulluler les larves désirées.

Mettez-les dans du son sec, ajoutez, si vous

voulez, quelques débris de chair ou de poisson, et vos élèves deviendront rapidement fort beaux.

Comment fixer l'asticot au bout de l'hameçon ?

Les uns l'enfilent **par la tête** et le font remonter le long de la tige de l'hameçon pour cacher le fer autant que possible. Cette précaution ne semble pas indispensable. Outre qu'elle présente une certaine difficulté, elle tue l'asticot qui, promptement, devient flasque et se vide. Il vaudra mieux accrocher tout simplement la bête par le travers de la tête ; de cette façon, l'esche s'agitera longtemps encore et attirera beaucoup mieux l'attention du poisson.

Dans les boîtes à conserves d'asticots on trouve souvent de petits corps rouges de forme ovoïde. Ce sont les chrysalides du ver de viande avant sa transformation. Les pêcheurs lui donnent le nom d'*épine-vinette*, à cause de sa ressemblance avec ce fruit.

Certains prétendent que cet appât est supérieur. Nous n'avons rien constaté de tel, mais seulement une grande difficulté pour l'escher proprement.

Ver de terre

Presqu'aussi populaire que l'asticot, le ver de terre est tenu en haute estime par la gent poissonnière, et presque toutes les espèces mordent à cet appât. Nous ne parlons, bien entendu, que des vers rouges de jardin ou de fumier.

Nombre de pêcheurs achètent leurs vers rouges chez les marchands d'articles de pêche; il est cependant facile de s'en procurer en aussi grand nombre que l'on puisse désirer et cela presque pour rien.

Arrosez un coin de jardin ou de terre cultivée avec la valeur d'un seau d'eau dans laquelle vous aurez mis fondre une ou deux poignées de sel.

Au bout de quelques minutes, examinez le sol, et vous apercevrez un grand nombre de vers, fuyant dans toutes les directions; il ne vous restera qu'à choisir les mieux appropriés comme grosseur, à la pêche que vous projetez.

Il est bon de faire cette cueillette des vers au moins cinq ou six jours avant de s'en servir pour la pêche, afin d'avoir le temps de raffermir leur corps qui souvent est flasque. Pour cela **vous** n'avez qu'à les placer dans de la mousse légèrement humide.

Lorsque vous les sortirez de là, leurs tissus seront beaucoup plus fermes, et le poisson **qui** voudra y goûter sera obligé d'avaler tout le **morceau**, hameçon compris.

Sur la façon d'escher le ver de terre, **les avis** sont partagés; une seule manière nous **paraît** rationnelle, la voici : prenant le ver dans **la main** gauche, vous lui piquez la tête avec l'**ardillon**, que vous faites ensuite courir dans l'**intérieur** du corps, jusqu'à ce que la tige de l'**hameçon** soit complètement invisible; il est alors **nécessaire** de changer plus souvent l'appât, **mais on** ne court pas le risque de manquer le poisson **qui** **veut** mordre.

Pour laisser au ver sa plus grande vigueur, certains fixent l'hameçon un peu au-dessous **de** la tête, ou encore par la queue; mais ces **parties** étant moins résistantes que la tête, le poisson qui attaque toujours cette dernière, parvient facilement à déchirer l'appât et à l'emporter **sans** se faire la moindre égratignure.

En plus de cet inconvénient, lorsque le ver **est** **fixé** par la queue et que l'on pêche à fond, il s'enfonce dans la vase et se soustrait ainsi à la vue du poisson.

Etant donné que tous les poissons, gros ou petits, mordent au ver de terre, l'hameçon devra toujours être proportionné à la taille du ver et à la force du poisson que l'on vise.

Les plus beaux seront pour l'anguille; les moyens pour la brème, la carpe, le barbeau; les plus petits pour le goujon, l'ablette et le gardon.

Ver de vase

C'est avec l'asticot l'appât dont se servent le plus généralement les lignards de la Seine et de la Marne; mais, de même que le ver d'eau proprement dit on ne le rencontre pas dans toutes les rivières.

Pour la pêche du goujon, le petit ver rouge de terreau bien frétillant peut le remplacer avantageusement; le ver de vase a d'ailleurs l'inconvénient d'exiger des mains habiles pour être fixé à l'hameçon, qui sèra aussi petit que possible.

Ver d'eau, dit portefaix ou portebûche

Le ver d'eau qui n'est autre que la larve de la libellule ou demoiselle, se rencontre généralement sur les bords des rivières, des ruisseaux, des étangs où poussent de hautes herbes.

C'est le meilleur des appâts pour le gardon ; à partir du mois d'août on ne le trouve plus ; il s'est transformé en cet insecte à la robe d'azur ou d'émeraude que l'on connaît bien.

La forme sous laquelle se présente le ver d'eau est singulière et les pêcheurs non initiés l'ont souvent à portée sans même se douter de son existence.

Voyez sur le bord d'un ruisseau au fond de l'eau, ces brindilles ressemblant à quelque amas de branchettes pourries ou de détritus. C'est votre appât.

Tirez cela sur la rive soit à poignées, soit à l'aide d'un rateau, choisissez les petites branchettes épaisses de deux ou trois millimètres, longues de deux ou trois centimètres. Cassez-les avec précaution. L'animal est dedans, bien vivant, très vivant. C'est le portebûche qu'il ne vous reste qu'à extraire de sa cachette sans l'endommager.

Comme hameçon, servez-vous d'un numéro 11 ou 12 auquel vous enfilez le ver en le prenant un peu au-dessous de la tête et en suivant jusqu'à la queue, de façon que l'ardillon demeure invisible.

Ne sortez les vers d'eau de leur cachette, sous peine de les voir périr, qu'au fur et à mesure des besoins de la pêche, car il importe de les employer toujours vivants.

Chenille

Le chevesne et beaucoup d'autres poissons sont friands de la chenille, mais comme il n'est pas toujours facile de s'en procurer, et qu'il faut une grande habileté de mains pour la fixer à l'hameçon, sans la vider, nous n'en conseillons pas l'emploi.

Mouche

Pendant l'été, l'un des appâts le plus facile à se procurer, c'est la mouche ordinaire. En abondance dans les villes comme dans les campagnes, tous les pècheurs l'emploient et tous les poissons la connaissent; le saumon, la truite, la perche, l'ablette, le chevesne, la vandoise, l'affectionnent particulièrement.

Sauf pour la pèche du gros poisson, pour laquelle il faut employer la grosse mouche, un numéro 13 suffit largement, car il est indispensable, pour ne pas éveiller la méfiance du poisson, de faire complètement disparaître le fer dans le corps de la mouche.

On emportera à la pèche des mouches vivantes, pour les employer telles, car, mortes, elles se dessèchent très rapidement et il devient alors difficile de les fixer à l'hameçon.

Abeille

Pour la pèche du chevesne, l'abeille est un appât irresistible. Mais cet insecte est tellement utile que son emploi à la pèche est regrettable ; de plus, s'en rendre maître est souvent dangereux.

Nous donnerons, néanmoins, les instructions

suivantes qui peuvent s'appliquer aussi aux insectes similaires.

L'abeille doit être servie au chevesne dans sa pose normale, c'est-à-dire comme lorsqu'elle fait une chute dans l'eau et qu'elle se débat pour regagner la rive ; pour cela, fixez la pointe de l'hameçon en arrière de la tête, pour la faire glisser ensuite dans l'intérieur du corselet et lui donner issue à la partie postérieure de celui-ci : l'ardillon reste visible, mais comme il se confond avec la couleur brune de l'abeille, il n'éveille pas l'attention du poisson qui mord dans ce cas franchement.

Le numéro 9 pour la pêche avec l'abeille est largement suffisant et répond à toutes les exigences.

Sauterelle

La sauterelle convient surtout pour la pêche à la surface.

Le chevesne s'en régale volontiers ; l'ablette en est gourmande ; choisir de préférence l'insecte grisâtre ou ardoisé, piqué de rouge.

L'hameçon qui convient est un numéro 10 auquel on fixe la sauterelle, de façon que l'ardillon pénètre par l'extrémité supérieure du corselet et sorte par l'autre extrémité, la tête demeurant absolument libre.

On ne doit, sous aucun prétexte, mutiler la sauterelle ; il est indispensable de la fixer à l'hameçon pourvue de tous ses membres, sans quoi elle pendrait inerte au bout de votre fil, et ne faisant aucun mouvement, ne pourrait attirer l'attention du poisson.

Hanneton

Pour un plat de hannetons, le chevesne ferait des bassesses ; les pêcheurs avisés, désireux de pêcher à fleur d'eau, auront donc soin, au moment où les hannetons sont en abondance de s'emparer de quelques-uns de ces insectes qui feront merveille lors de l'ouverture de la pêche ; car ils sont à ce moment absolument introuvables.

Le hanneton se fixe à l'hameçon de même manière que l'abeille, mais il est bon d'employer du numéro 8.

Limace grise

La limace grise, que l'on trouve en abondance pendant l'automne, est un excellent appât pour le chevesne.

Si on pouvait s'en procurer en toutes saisons, ce poisson lui ferait toujours un favorable accueil ; malheureusement, ce n'est que vers l'automne que l'on trouve cet appât.

Pour en cueillir en quantité, levez-vous un peu avant le soleil et rendez vous dans un pré nouvellement fauché: vous n'aurez « qu'à vous baisser pour en prendre ».

Crevette et écrevisse

Fin gourmet, quoique gros mangeur, le chevesne recherche volontiers les morceaux délicats et mord franchement aux queues de crevettes et d'écrevisses, crues ou cuites, dépourvues de leur enveloppe calcaire.

Entre ces deux crustacés, le chevesne semble toutefois avoir une préférence marquée pour la crevette.

Grains

An chapitre des *Amorces*, sous la rubrique : *Grains*, nous avons donné la manière de faire cuire le blé et l'orge et de s'en servir comme *amorce ;* nous nous contenterons donc, ici, d'indiquer la façon de les fixer à l'hameçon pour les utiliser comme appât.

On doit employer, comme hameçon, un n° 14, au plus un n° 13, afin de pouvoir le faire disparaître complètement dans le grain.

On pique l'ardillon dans la partie pointue du grain et on le fait filer, dans le sens de la plus grande longueur, pour l'amener à l'extrémité opposée, à fleur de peau, afin que l'enveloppe du grain ne retarde pas le ferrage.

Fève de marais

En dehors de la carpe, il ne faut songer avec la fève de marais de prendre d'autres poissons ; mais la grosse mère paraît avoir un goût prononcé pour cet appât, surtout lorsqu'on a eu le

soin de choisir une fève de belle taille, bien
blanche, et qu'on l'a cuite dans de l'eau avec une
petite quantité de pain de chénevis ou de menthe
aquatique.

On pêche avec cet appât pendant les mois de
septembre et d'octobre.

La mise en place de la fève demande de très
grands soins, car la carpe est fort délicate, excessivement soupçonneuse et, si le moindre morceau
de fer lui apparaissait, jamais elle ne se laisserait
prendre à votre piége.

Il faut toujours lester votre appât, de façon que
le fer de l'hameçon se cache en-dessous de la fève
et touche le fond de la rivière en portant la fève
sur lui.

Fig. 3. — Fève de marais.

Pour arriver à ce résultat, voici comment on
doit opérer : dans la partie étroite de la fève, on
introduit la pointe de l'hameçon et on la fait
courir dans le corps de la fève, jusqu'à ce qu'elle

affleure au côté opposé, il ne faut pas laisser une trop grande épaisseur de peau, mais il est de toute utilité, pour le succès de la pêche, que la pointe de l'hameçon ne se montre pas du tout.

Pâte à boulette

Pour les petits poissons, goujons, gardons, ablettes, beaucoup de pêcheurs fabriquent des espèces de pâte à boulette qui, si elles sont bien réussies, donnent d'assez satisfaisants résultats.

Voici une des recettes les plus communément employées :

Mêlez de la farine de seigle et des pommes de terre écrasées en parties égales ; joignez un blanc d'œuf cru, une cuillerée de miel et une gousse d'ail hachée menue.

Autre recette :

Coupez du fromage de gruyère en petits morceaux et laissez-les tremper pendant vingt-quatre heures dans du lait ; triturez ensuite avec du pain de chénevis, de la farine de seigle, du miel et de l'eau, et formez-en une pâte assez consistante. Cet appât est un régal pour tous les petits poissons et aussi pour la carpe, le barbeau et la brème.

Autre recette :

Mélangez cent grammes d'anis vert, avec autant de pain de chénevis en poudre, et vingt grammes de miel ; ajoutez-y de la mie de pain de seigle, et vous obtiendrez une pâte très vantée par certains pêcheurs.

Enfin :

La mie de pain seule et triturée en boule donne aussi de bons résultats pour la pêche des petits poissons et de la carpe.

Pour empêcher vos pâtes quelconques de se désagréger dans l'eau, ajoutez à un peu d'huile d'amandes douces huit à dix gouttes d'extrait d'absinthe, autant d'extrait de camomille, une forte pincée de poudre de cumin et huit centigrammes de poudre de civette ; mélangez le tout dans un mortier et gardez cela dans un flacon hermétiquement bouché.

Trempez dans cette préparation la boulette, fixée à l'hameçon ; elle résistera à de petites attaques et restera ferme pendant plus d'un quart d'heure.

Drèche

Appât pour la brème, la carpe et la tanche, qui en sont friandes.

On l'emploie également comme amorce. Voyez le mot aux *Amorces*.

Noquet

Nous avons déjà donné un certain nombre d'appâts se fixant directement à l'hameçon et ne demandant aucune préparation première. Il sera bon, pour les débutants, de s'y tenir jusqu'à ce qu'ils soient bien familiarisés avec leurs engins de pêche, car l'appât que nous allons décrire exige une très grande habileté de main pour sa fabrication et une certaine connaissance de la pêche, pour donner les résultats qu'il est suscep-tible de produire.

On fait des noquets de différentes grandeurs, depuis la grosseur d'un pois jusqu'à celle d'une noisette ; mais quelle que soit sa taille, le noquet doit affecter la forme cubique.

Les petits noquets seront réservés **pour le** gardon, la brème, le barbillon et le hotus; **les** plus gros seront servis au chevesne et au barbeau.

Pour la pêche avec le noquet, il est nécessaire de laisser traîner au fond de l'eau, non seulement le plomb, mais aussi la plus grande partie du crin qui devra être, pour ce genre de pêche, du crin de cheval plus ou moins fort suivant le poisson que l'on vise.

Voici une excellente formule pour la fabrication des noquets :

Râpez très finement 30 grammes environ de pain de chénevis, que vous mélangerez **avec** 40 grammes de mie de pain de seigle ou de farine, — il faut, sous peine d'insuccès, employer du pain très finement travaillé. Ajoutez 25 gr. de caillette de veau, 8 à 10 grammes d'assa fœtida et autant de graisse de porc. Triturez fortement ces différentes substances en ajoutant assez d'eau pour former une pâte consistante et vous serez en possession d'un excellent appât, qu'il ne reste plus qu'à tailler en noquets.

Ne vous découragez pas, jeune lignard, si vous ne réussissez pas convenablement votre premier ni votre deuxième noquet; ne vous impatientez pas non plus, vous ne feriez plus rien de bon ; dites-vous simplement que, comme partout, d'ailleurs, il faut payer son apprentissage. Mais si la patience est nécessaire lorsqu'on fabrique son premier noquet, il est indispensable aussi d'avoir un excellent couteau pour trancher d'un seul coup et d'une façon régulière les faces de votre cube.

Enfin, après plusieurs essais infructueux vous voilà parvenu à votre but ; maintenant que vous êtes en possession d'un cube régulier, il s'agit de le fixer.

Où allez-vous le placer ?... A l'hameçon ?

— Non pas, c'est impossible... toutes les règles de la pêche sont renversées pour le noquet. Vous le fixerez au-dessous de l'hameçon, laissant celui-ci à nu ; ne vous étonnez pas de ce phénomène, le poisson n'y portera aucune attention et mordra à pleine bouche, malgré la vue du fer.

— Mais, demandez-vous, comment doit-on le maintenir au-dessous de l'hameçon ?

— D'une façon bien simple... Vous prenez du fil noir très fin, en même temps que très résistant, et vous le passez autour de votre noquet pour l'accrocher ensuite à l'hameçon. Si le no-

quet est gros, entrecroisez le fil comme le montre
la figure 4.

Fig. 4. — Noquet.

Si vous suivez exactement les recommanda-
tions qui précèdent et que le temps soit favorable, vous pouvez être certain du succès de la
pêche... ou alors c'est que vous aurez ce jour-là
un véritable guignon !

Fromage de Gruyère

Les déchets du fromage de gruyère devront
être soigneusement recueillis en vue de la pêche
au barbeau, par les pêcheurs soucieux d'employer de bons appâts peu coûteux.

Ces déchets seront mis dans un endroit sec
pour être employés à partir du mois d'août seulement.

Avant cette époque, le barbeau ne semble pas s'en soucier. On n'a jamais pu savoir pourquoi.

Plus le fromage a de l'odeur, plus le poisson en est friand ; ne craignez donc pas de lui servir les plus vieux morceaux. Lorsqu'on pêchera avec cet appât, il sera bon d'amorcer la veille, en jetant dans l'eau de tout petits cubes de fromage ; quelques heures aussi avant de monter sa ligne, on poura renouveler cette opération.

On fixe de plusieurs manières le fromage à l'hameçon ; certains pêcheurs l'attachent comme le *noquet*, d'autres, et ce sont les plus nombreux, en font une pâte dont voici la recette :

Mettez à macérer pendant vingt-quatre heures, dans du lait, de petits morceaux de fromage que vous ferez ensuite sécher légèrement entre deux linges ; mélangez avec de la farine, et triturez jusqu'à ce que vous ayez obtenu une pâte compacte qui puisse se fixer aisément à l'hameçon.

Pour mieux empêcher la désagrégation dans l'eau, servez-vous du liquide dont nous avons donné la recette au dernier alinéa de la *Pâte à boulette*.

Sang caillé

Pourvu que le poisson morde, le pêcheur fa-
natique ne recule devant rien. Aussi, le sang
caillé qui donne d'excellents résultats, notamment dans la pêche du chevesne, est-il fort souvent employé.

Il est assez difficile d'escher cet appât, étant
donné son inconsistance. Un moyen bien simple
de le rendre plus ferme, est de le mettre en presse
sous un petit pressoir, ou tout bonnement de le
placer entre deux planches qu'on chargera fortement.

On peut aussi, lorsque le sang est chaud encore, y jeter du sel fin dont on a activé la disso-
lution en remuant doucement avec une spatule.
Il se coagulera mieux et se maintiendra plus
consistant, surtout si on lui fait subir le durcis-
sement par la presse que nous indiquons ci-des-
dessus.

Cervelle

Même emploi, et presque même efficacité que
le sang caillé.

Préférez la cervelle de mouton qui est plus consistante, et par conséquent plus facile à fixer à l'hameçon.

Boyaux de poulet

Appât de même ordre que les deux ci-dessus.

Certains pêcheurs affiment même que le boyau de poulet est supérieur à tout.

Il n'en coûte rien d'essayer.

Cerise

L'imagination du pêcheur malheureux est fertile en expédients. C'en est un des plus déplorables que d'employer la cerise pour prendre du poisson, sauf peut-être le cas où l'on opère sur une rivière bordée de cerisiers.

Là, le goulu chevesne, qui fait nourriture de tout ce qui lui tombe sous la dent, pourra répondre ; mais, même dans le cas susdit, nous conseillons de choisir un autre appât, d'autant plus que la cerise est très difficile à fixer à l'hameçon.

Grenouille

Arrivé à son complet développement, la grenouille est un excellent appât pour le brochet ; à l'état de têtard elle attire particulièrement la truite, le chevesne et l'anguille.

Etant donné qu'on peut prendre de très fortes pièces avec la grenouille, on devra ne se servir que d'engin d'une excessive solidité.

Employez un hameçon numéro 6 ou 7, que vous introduirez dans le dos du batracien, presque au bas, en faisant revenir à fleur de peau la pointe de l'ardillon. De cette façon, vous ne blesserez que légèrement la grenouille, et lui laisserez la plus grande liberté d'allure possible ; or, ce sont précisément les mouvements désordonnés de votre appât qui attirent les belles pièces que vous convoitez.

Le Vif. — Petit poisson

Le vif, tel est le nom donné au fretin servant

d'appât pour la pêche des poissons de proie :
brochet, perche, truite et anguille.

Chacun de ces pillards à ses préférences mar-
quées pour tel ou tel poisson, il est donc bon de
connaître leurs goûts, afin de leur servir toujours les mets qu'ils préfèrent.

Le brochet se trouvera très satisfait d'un beau
goujon ou d'un juerneau (petit chevesne), d'un
gardonnet ou d'un carpillon.

N'employez pas l'ablette et la vandoise, car le
noble ne mord à ces appâts que lorsqu'il est
absolument affamé, ce qui n'est pas toujours son
cas.

La perche sera parfaitement heureuse avec un
gros véron. A l'anguille et la truite servez au
choix un véron, un chabot, une loche, une petite
lamproie, car de tous ces appâts ces deux voraces
son également friands.

Pour capturer les grosses pièces en question, il
ne suffit pas de connaitre leurs goûts, il faut
aussi savoir leur présenter habilement l'appât.

De nombreuse manières de fixer le petit poisson sont mises en pratique ; nous indiquerons
seulement celles qui nous paraissent le mieux
répondre aux exigences de la pêche, et, par conséquent, celles qui sont le plus employées.

Les figures ci-après feront mieux comprendre
tu lecteur les descriptions qui suivent :

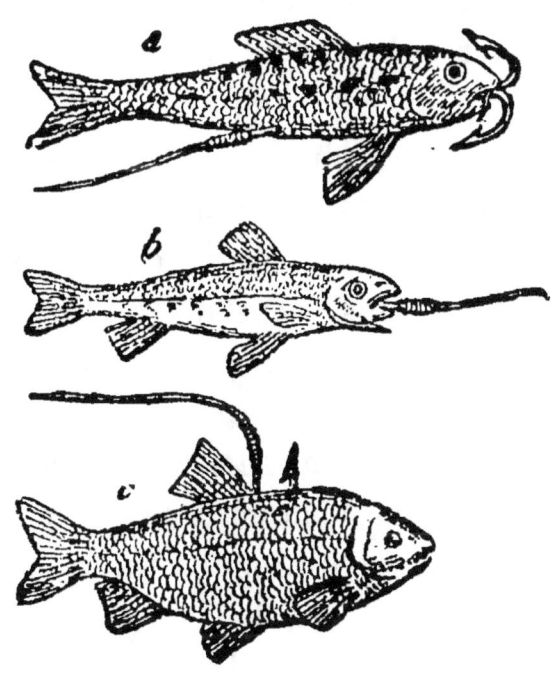

Fig. 5, 6, 7. — Manières d'embrocher le vif.

La figure *a* représente un goujon dont les pa-
rois abdominales ont été traversées par le fil de
aiton qui sert d'empile.

Pour arriver à ce résultat, vous prenez délica-
:ement le goujon de la main gauche et vous intro-
luisez la pointe de l'empile dans la gueule de la
victime. Sans vous presser et en dirigeant tou-

ours votre fil de laiton vers la partie inférieure
du poisson, **vous arrivez à le faire** sortir par
.'anus, sans avoir blessé aucune partie vitale.

Dès que la pointe de l'empile se présente à
.'anus, attirez-là lentement jusqu'à ce que l'hameçon, qui peut être simple ou double vienne
affleurer au museau du vif. Fixez alors l'empile
à l'émerillon et au corps de ligne et jetez à l'eau.

Votre goujon, n'étant presque pas blessé, fré-
tillera quelque temps, appelant sur lui, par ses
bonds désespérés, l'avide gosier du requin de
nos rivières; mais ce repas sera sûrement son
dernier, car en plaçant le fer dans la position
que nous indiquons, le brochet ne s'aperçoit de sa
présence, que lorsqu'il prend la fuite. A ce moment, le fer le pique, mais il lui est absolument
impossible de se dégager, l'hameçon étant fixé
très solidement bien avant dans son gosier.

L'inconvénient de ce système, c'est que le vif,
gêné dans sa respiration par l'hameçon, garde
la bouche ouverte et perd rapidement ses forces.

Inutile de dire que ce mode d'embrochage
donne les mêmes résultats avec tout autre petit
poisson que le goujon.

La figure *b* représente un véron embroché **par**
les ouïes.

Procédez en introduisant la pointe de l'hameçon par la gueule de l'animal et faites-la ressortir en arrière et en bas de l'opercule.

Nous ne conseillerons pas ce système d'embrochage pour la pêche du brochet, sa touche étant trop rare pour qu'on ait la chance de voir vivre l'appât assez longtemps. Mais la perche et la truite qui mordent plus facilement, vous pourront démontrer que cette méthode a du bon.

Ajoutons, comme plus haut, que le véron peut être remplacé par tout autre fretin et qu'il est toujours bon de prendre le poisson le plus résistant.

La figure c représente un embrochage par le dos, en avant de la nageoire dorsale. Il est surtout pratiqué sur les poissons plats, dont les masses dorsales offrent une large place à l'hameçon. de cette façon le vif n'est pas du tout gêné dans ses mouvements. Le gardon, la petite brème, le carpillon s'embrochent bien ainsi.

On peut aussi attacher de semblable façon des poissons allongés tels que le goujon, mais il est bon alors de fixer l'hameçon derrière la nageoire dorsale.

Depuis quelque temps, les Anglais ont importé en France de nouvelles méthodes pour l'embro-

chage du vif ; comme elles nous paraissent
devoir donner de bons résultats, tant au point
de vue de la sûreté du ferrage que pour la vigueur qu'elles laissent au poisson, nous les indiquerons à nos lecteurs.

1re méthode. — Vous accrochez l'empile à une
aiguille à escher ; prenant le poisson dans la main
gauche, vous le maintenez couché à plat. Avec
la pointe de l'aiguille, vous piquez la peau du
poisson un peu au-dessous de l'ouïe — sur
l'épaule, si l'on peut s'exprimer ainsi — et faites
ensuite courir l'aiguille dans le corps du poisson,
en ayant soin, toutefois, de ne pas attaquer pro-
fondément la chair, ce qui tuerait rapidement le
poisson, ni de faire ressortir la pointe de l'aiguille au-dehors, ce qui enlèverait les solidités
de garantie. Un peu au-dessus de la queue, vous
donnez issue à l'aiguille ; vous l'attirez ensuite à
vous, ainsi que l'empile, jusqu'à ce que l'hameçon, double ou triple, vienne affleurer le corps
du poisson. De cette façon le fer est peu visible,
et l'animal à peine blessé. Vous n'avez qu'à rat-
tacher l'empile à la ligne et à jeter dans l'eau :
votre poisson vivra pendant plusieurs heures,
se démenant comme un bon diable.

2e méthode. — Nous avons sous les yeux un

engin au **vif, de** la maison Wyers frères, **qui** semble assez ingénieux.

Sur l'empile sont fixés deux hameçons : l'un simple, qui est mobile ; l'autre double, solidement attaché au bout de l'empile. Vers l'hameçon double est un anneau agrandissable à volonté, dans lequel vous encerclez le petit poisson ; puis, avec l'hameçon simple mobile, vous le fixez en le piquant légèrement à la lèvre. La blessure est ainsi insignifiante, le poisson bien maintenu, et point gêné dans ses mouvements.

Il est indispensable lorsqu'on désire pêcher le brochet ou autre vorace d'avoir avec soi un vivier portatif rempli de petits poissons vivants.

Si vous pêchez pendant l'hiver et que le goujon et le juerneau vous fassent défaut, vous pourrez les remplacer par de petits poissons rouges, avec lesquels les voraces seront très heureux d'apaiser leur fringale.

On trouve des poissons rouges chez tous les marchands d'articles de pêche.

Oléine

Presque tous les jeunes pêcheurs rêvent **de**

tremper leurs appâts dans des préparations plus ou moins pharmaceutiques et s'imaginent avec cela prendre des quantités de poissons. C'est une grave erreur, car souvent au contraire, les drogues que vendent à prix d'or des spécialistes possédant un prétendu secret éloignent les habitants des ondes.

Pour être absolument complet nous formulerons, cependant, un mélange très vanté et qui a donné quelquefois, paraît-il, de bons résultats.

Nous l'indiquons, nous ne le recommandons pas. A notre sens, le véritable secret de la pêche réside en l'intelligence, la patience, l'adresse du pêcheur.

Voici la recette en question. Elle vaut, en tout cas, tout ce qu'on annonce à la quatrième page des journaux.

Anis pulvérisé.........	10	grammes
Coriandre pulvérisée....	20	—
Huile d'amandes douces.	10	—
Extrait d'absinthe......	10	gouttes
Poudre de cumin.......	0,05	centigr.
Miel blanc.............	20	grammes

Appât chinois

Même emploi que l'oléine et mêmes observations.

Cet appât, comme son nom l'indique, nous vient de la Chine où il fait merveille, assurent quelques voyageurs. Il n'est autre que l'essence de santal.

Certains pêcheurs français prétendent avoir obtenu de bons effets, en aromatisant avec cette essence leurs esches et amorces.

Les expériences auxquelles nous nous sommes livrés n'ont pas confirmé cette affirmation. Serait-ce que les poissons européens n'ont pas les mêmes goûts que leurs congénères asiatiques?

Nous laissons au lecteur le soin de faire des expériences plus approfondies si toutefois, il ne trouve pas l'emploi d'un tel produit trop coûteux.

Mouches artificielles

Presque tous les poissons de surface mordent à la mouche artificielle, mais c'est plus particulièrement pour la pêche de la truite et du saumon qu'on l'emploiera fructueusement.

Un des principaux avantages de ce leurre, c'est qu'il permet d'offrir au poisson des tentations variées, toujours sous la forme de l'insecte qui lui convient le mieux, et suivant la saison, les heures de la journée ou même les variations de la température.

Tous les pêcheurs ont remarqué combien le poisson semble capricieux, pour ne pas dire lunatique. Au même lieu, avec les mêmes amorces, les mêmes appâts, aujourd'hui il mord, demain il ne mordra plus, ou bien ce sera à telle heure différente d'hier, ou encore il refusera l'esche qu'il saisissait goulûment la veille pour en accepter une autre ; s'il est une raison pour motiver ces fantaisies, ce ne peut être que celle-ci : très probablement le poisson ne se confie qu'aux appâts qui lui apparaissent sous la forme à laquelle il est accoutumé, et dans des circonstances données.

C'est pourquoi, par une journée claire, vous devez vous servir de mouches peu voyantes; le contraire naturellement si le temps est couvert, sans pour cela aller aux couleurs trop vives que vous réserverez pour les grosses chaleurs. Avec les journées fraîches, employez les mouches fauves ou rousses; en septembre et octobre celles très brunes.

Après un orage ou un grand vent, prenez les mouches un peu grosses. Au surplus, si l'une ne réussit pas, après trois ou quatre coups de ligne, essayez d'une autre.

La pêche à la mouche artificielle, demande beaucoup de souplesse de mains, et une très grande attention pour le ferrage qu'il est absolument indispensable d'opérer au moment même où le poisson ouvre la gueule pour s'emparer de l'insecte.

Lorsque vous aurez tâté une place avec diverses mouches variées de couleurs, si rien ne donne, ne vous entêtez pas, changez d'endroit, sans quoi vous attendriez bien inutilement une proie qui ne viendra pas.

La pêche à la mouche artificielle, étant donc, de sa nature, excessivement ambulatoire, conviendra surtout aux jeunes pêcheurs qui ne craignent pas la fatigue.

Si le gibier visé est la truite, il est certaines conditions particulièrement favorables dont on trouvera le détail, avec d'autres indications, au chapitre *Pêche en action*, sous la rubrique *Truite*. (Voir à la Table).

Fabrication des mouches artificielles

La fabrication des mouches demande une grande habileté de mains et beaucoup de goût; comme elle présente de nombreuses difficultés, la plupart des pêcheurs achètent leurs insectes tout faits chez les marchands d'articles de pêche.

Pour ceux qui désirent confectionner eux-mêmes leurs appâts, voici à peu près comment ils doivent s'y prendre. Nous disons *à peu près*, car une telle explication est très difficile sur le papier et il n'y a guère que la pratique pour mettre l'opérateur au point.

Sur la tige d'un hameçon, attachez, avec un fil de soie, un morceau de peluche ou tout autre étoffe à poils; hérissez les barbes de l'étoffe, qui formeront ainsi les pattes et les poils de la bête.

Pour singer la tête, contentez-vous de serrer un peu moins fort la partie de l'étoffe que vous destinerez à cet effet. Vous pourrez fabriquer les ailes avec les barbes d'une plume de poule.

La pointe de l'hameçon devra toujours être maintenue libre, afin de pouvoir ferrer vivement à la première attaque.

La mouche fabriquée par les moyens ci-dessus indiqués sera tout à fait primitive ; nos lecteurs devront faire appel à leur imagination pour en obtenir de plus belles, plus fines, en toutes grosseurs et toutes couleurs.

Avec un peu d'attention, on y deviendra promptement adroit.

Voici trois différents types de mouches dont les débutants pourront s'inspirer :

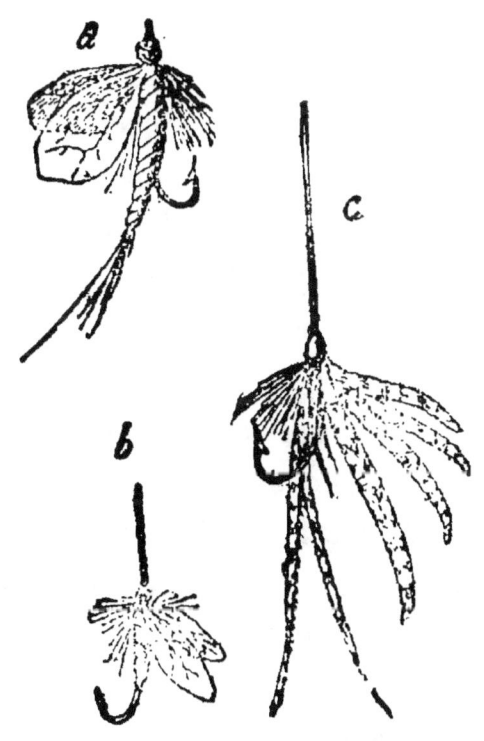

Fig. 8, 9, 10. — Mouches artificielles.

Poissons artificiels

Les pêcheurs du brochet, de la truite et autres voraces, emploient très souvent, au lieu du vif, le poisson artificiel, soit en étain, soit en argent; ce dernier métal, ne s'oxydant pas, est préférable.

Comme règle générale, il est indispensable d'avoir un poisson artificiel proportionné, comme volume et comme poids à la force du courant, car de là dépend le succès de la pêche.

Il faut que le poisson artificiel — qui doit être monté sur ligne pourvue d'un émerillon — se maintienne entre deux eaux, grâce au mouvement de rotation que vous lui communiquerez par une tension régulière de l'avant-bras.

On comprend que si le poisson est trop léger, ce mouvement rotatoire l'amènera à la surface, tandis que s'il est trop lourd, son poids l'entraînera au fond de la rivière, où ni truite ni brochet n'iront le chercher.

Les poissons artificiels, comme le montrent les figures 11, 12, 13, sont pourvus presque tou-

jours, aux deux extrémités, d'hameçons double
et triples.

Il est nécessaire de jeter le leurre à l'eau d'un
mouvement précis et sans le faire tomber de trop
haut, afin de ne pas effrayer le poisson, qui pourrait rôder aux environs.

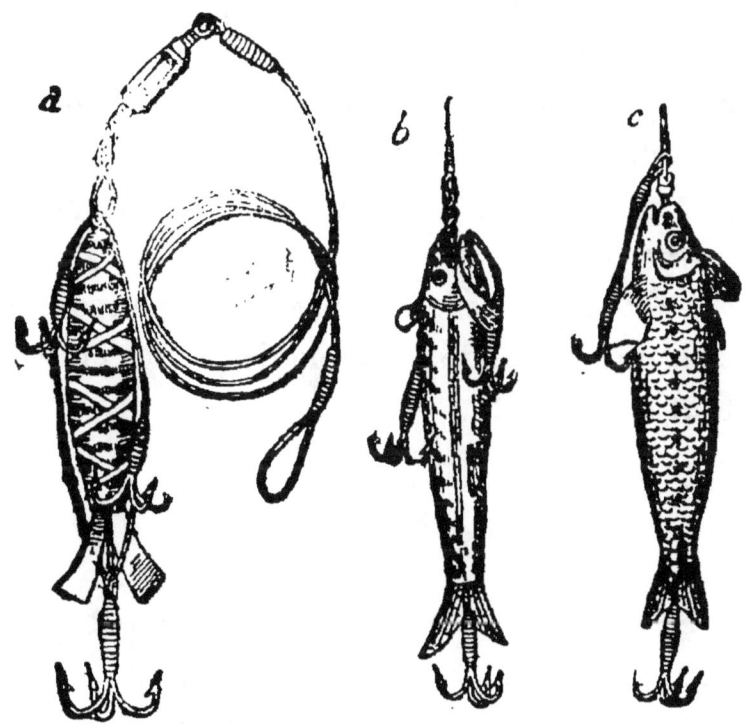

Fig. 11, 12, 13. — Poissons artificiels.

On devra autant que possible, dans ce mouvement, imiter le poisson qui bondit hors de l'eau

et retombe dans son élément presque **sans bruit.**
De cette façon, le vorace aux aguets, quel qu'il
soit, au lieu de fuir, surveillera attentivement et,
lorsque vous attirerez le poisson à vous, le brochet s'imaginant qu'il prend la fuite, fondra
aussitôt sur sa proie et s'enferrera de lui-même
sur les hameçons qui le protègent.

La vitesse donnée au leurre, surtout si vous
pêchez auprès d'un moulin ou d'une chute, sera
presque insignifiante, car vous devrez alors **vous**
contenter d'imiter le poisson, qui dépense **ses**
forces pour lutter contre le courant qui l'entraîne.

C'est surtout **en se** servant du poisson artificiel, qu'il est indispensable de pêcher en remontant le courant.

Cuiller [1]

La cuiller n'est autre chose que l'ustensile or-

---

[1] Beaucoup s'imaginent que la pêche à la cuiller est
défendue par la loi. La vérité est que certains préfets
se sont arrogés le droit de l'interdire par simple
arrêté. Mais, chaque fois que cette prétention a été
portée devant les tribunaux, elle a été mise à **néant.**
(Voir à la fin de cet ouvrage les *Lois sur la Pêche* et
les notes diverses sur les *Droits du Pêcheur.*)

dinaire de cuisine, dépourvu du manche, à la place duquel on fixe solidement un hameçon double ou triple.

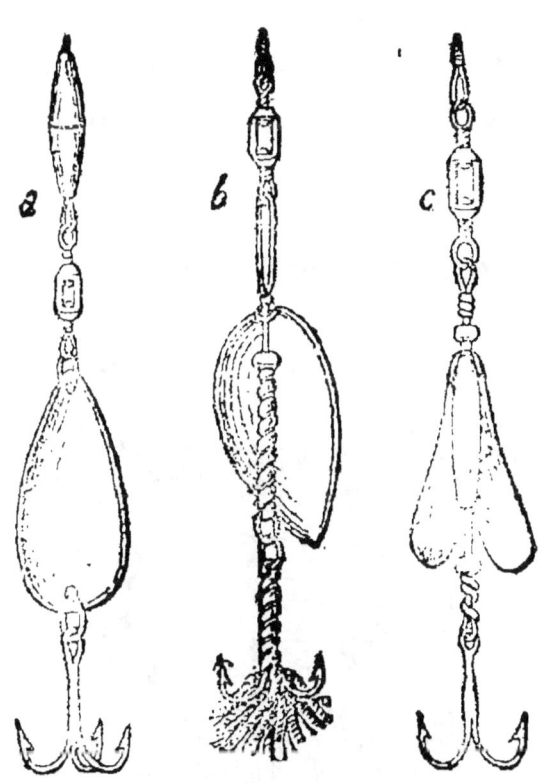

Fig. 14, 15, 16. — Cuillers de pêche.

Les figures *a* et *b* représentent des cuillers dont les hameçons sont posés de différentes façons; la figure *c* est une modification de la cuiller ordinaire.

Les cuillers les plus avantageuses sont celles en argent, car l'eau n'a aucun effet sur ce métal et ne le ternit jamais ; celles en cuivre, argentées sur l'un des côtés, donnent aussi d'excellents résultats. Mais on devra, autant que possible, éviter de se servir de cuillers en étain : ce métal, étant terne, ne peut dans l'eau attirer l'attention du poisson.

On emploie surtout ce leurre pour la pêche du brochet, de la truite et de la perche.

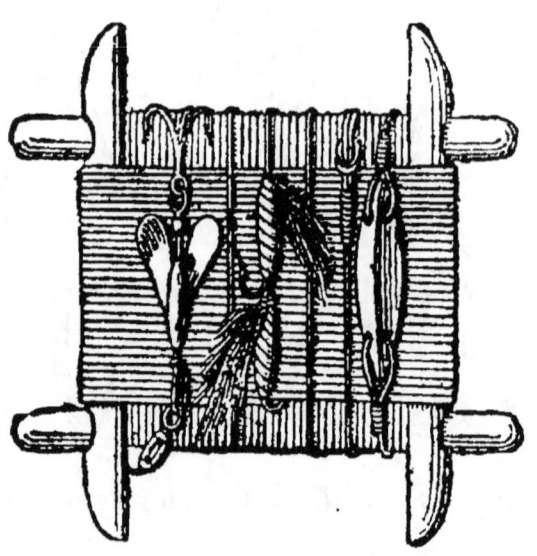

Fig. 17. — Plioir de la ligne traînante.

Le pêcheur se place dans un bateau et se sert d'une ligne dépourvue de flotte et de plomb ; on

doit donc sentir à la main les attaques du poisson ; mais, avec un peu d'habitude, on perçoit
ainsi les moindres touches.

Pour cette pêche, la ligne sera toujours fort
longue et d'une excessive solidité, puisqu'on n'a
pas ici la flexibilité du scion à opposer aux
efforts du poisson ; elle sera aussi montée sur
plioir (fig. 17), afin qu'on ne soit jamais exposé
à l'embrouiller, soit en la dépliant, soit en la
retirant de l'eau.

Il est indispensable que la cuiller soit fixée à la
ligne par un émerillon, afin que le courant, qui
entraîne loin de vous le leurre, lui imprime,
lorsque vous tendez le fil, un mouvement rotatoire, ce qui donne à votre appât une assez
grande ressemblance avec un poisson et invite,
par conséquent, le vorace à fondre sur cette
proie.

Comme règle générale, lorsqu'on pêche en bateau, on doit toujours être deux : un pour ramer,
un pour maintenir la ligne.

On peut aussi pêcher à la cuiller le long des
berges avec une canne fort solide ; on agira
alors de même manière qu'avec les *Poissons
artificiels*.

4

CHAPITRE VI

PÊCHE PARTICULIÈRE DE CHAQUE POISSON

Ablette

Dans les eaux vives et peu profondes, aux abords des usines, dans les rivières à fonds sablonneux, on trouve l'ablette en abondance. Ce petit poisson, fort connu de tout le monde, fait partie de la friture dite « de Seine ».

Subissant énormément les influences de la température, on trouve l'ablette presque à fleur d'eau par les grandes chaleurs, et à demi-fond dès que la fraîcheur se fait sentir ; on peut donc la pêcher de plusieurs manières.

A la surface, on la pêche à la volante, sans

plomb ni flotte, avec plusieurs hameçons numéros 15 ou 16, fixés à un crin de cheval et eschés de mouches ordinaires ; on doit ferrer vivement à la première attaque.

Lorsqu'on pêchera à demi-fond, on emploiera la même ligne et les mêmes hameçons, mais on ajoutera un flotteur en plume très léger et les mouches seront remplacées par des asticots. Au premier plongeon de votre flotteur n'hésitez pas à ferrer.

Il sera toujours bon d'amorcer quelques heures avant de commencer à pêcher avec un peu de pain de chènevis finement râpé.

Au cours de la pêche, jetez de temps en temps dans l'eau une poignée de son sec.

Alose

Pendant l'hiver, on ne trouve l'alose que dans la mer ; mais au printemps elle remonte les rivières pour frayer en eaux douces. C'est à ce moment qu'on peut espérer la prendre en lui offrant un ver de terreau.

Mais comme elle est très défiante, cette pêche n'est pas toujours bien agréable, d'autant plus

qu'on ne parvient à capturer à la ligne que les
jeunes aloses, par conséquent bien petites, et offrant ainsi une maigre compensation à de longues heures d'attente.

Anguille

L'anguille est un des poissons que les pêcheurs
recherchent le plus volontiers, car sa chair est
très goûtée. Sa capture est considérée comme un
fort beau coup de ligne.

On pêche surtout l'anguille pendant la nuit, à
la ligne de fonds ; mais par un temps sombre et
dans des eaux troubles, elle sort quelquefois le
jour, et on peut essayer de s'en emparer.

Il y a plusieurs manières de la prendre de
jour : à une forte ligne en cordonnet attachée à
une gaule excessivement résistante, on fixera un
gros plomb ; comme hameçon on emploiera un
numéro 4 sur lequel on empilera de gros vers de
terre, ou un beau véron.

Ne craignez pas de laisser traîner votre hameçon au fond de l'eau, car l'anguille cherchant
toujours sa proie dans la vase, c'est seulement là
que vous aurez des chances de la capturer.

Votre ligne bien placée sur le fond du lit de la rivière, vous n'avez plus qu'à attendre.

Si vous êtes auprès d'un réservoir ou d'une chute d'eau — endroits de prédilection de l'anguille — vous verrez bientôt votre flotteur entraîné, doucement d'abord, puis une brusque secousse l'attirera sous l'eau ; ferrez à ce moment d'un mouvement sec, et l'anguille est prise.

Si vous jugez la bête de grosse taille, il est nécessaire de ne pas lui rendre un pouce de fil, sans quoi elle s'enroulerait à une racine, à une pierre, ou s'enterrerait et vous ne pourriez la faire démarrer ; aussitôt ferrée, enlevez-là d'un mouvement lent, mais continu, sans, sous aucun prétexte, lui rendre la main.

Aussitôt à terre, serrez-là fortement avec les doigts, au-dessous des ouïes, sans quoi, comme elle est très vivace, elle pourrait regagner la rivière.

L'anguille se prend aussi à la ligne *vermée* ou *vermille*, qui n'a ni flotte ni hameçon.

Pour cela, vous vous servez de plusieurs gros vers de terre, que vous fixez à une pelote de laine, juste assez grosse pour pouvoir être avalée par l'anguille. A l'endroit où vous soupçonnez sa présence, jetez votre pelote ; vous sentirez bientôt une légère traction exercée sur le fil que vous tenez à la main ; rendez aussitôt le plus de ligne que vous pourrez afin de permettre à l'anguille d'avaler sa proie, et lorsque vous serez à bout, amenez d'un léger mouvement.

Vous sentirez une vive résistance, mais l'anguille est prise ; ne craignez rien, elle ne lâchera pas sa proie. En évitant le plus possible de donner des secousses, amenez-là sur la rive.

Mais la pêche à l'anguille la plus productive, est sans contredit celle qui se pratique la nuit à la *traînée*.

Sur une corde de 20 à 30 mètres fixez, tous les deux mètres, un hameçon numéro 4, sur lequel on empile de gros vers, une petite grenouille, un véron ou du fromage de gruyère au choix. Fixez solidement votre ligne à un piquet planté sur la berge, et jetez dans l'eau l'autre extrémité, après y avoir, au préalable, attaché une grosse pierre.

Il est indispensable que votre ligne soit bien tendue et placée de manière à ce qu'elle descende légèrement le courant

Cette ligne se pose le soir et on la relève le matin, avant le lever du soleil ; ceci est indispensable, sans quoi, à la vue de la lumière, les anguilles, qui ne sortent guère que la nuit, feraient tant et si bien pour regagner leur trou, qu'elles finiraient fort probablement par se dégager, fut-ce en abandonnant une partie d'elles-mêmes, ou encore en brisant l'hameçon.

Barbeau, Barbillon

La prise d'un barbeau, surtout de belle taille, constitue pour le pêcheur un véritable exploit.

La touche de ce poisson est, en effet, assez rare. Très craintif lorsque les eaux sont basses, en été, il se cache dans les herbes, ou demeure dans des trous profonds et n'en sort guère que lorsque la faim le talonne.

Par contre, lorsque les eaux grossissent, il prend de l'assurance, se risque sur les bords à la recherche des vers, des petites sangsues, pour lesquelles il semble avoir une prédilection, et des insectes divers, en plus grande abondance au moment des crues.

De par son genre d'existence, on comprend que le pêcheur doit varier les manières de prendre le barbeau.

Lorsque les rivières sont basses, allez le chercher en eau profonde. Amorcez-le longtemps d'avance avec du gruyère et du pain de chénevis coupé en très petits morceaux ; servez-vous également pour escher votre hameçon de gruyère ou d'un noquet. (Voir *Fromage de Gruyère* et *Noquet*, au chapitre des *Appâts*.)

Si les eaux sont grosses, au contraire, demeurez au bord, et employez comme appât un beau ver rouge ou une petite sangsue.

Le point essentiel dans cette pêche c'est d'être monté d'instruments excessivement solides, car un barbeau pèse facilement de cinq à six livres (on en a vu de quinze à vingt), et lorsqu'on a affaire à un pareil compagnon, on comprend que de grandes précautions sont nécessaires pour ne pas se faire démonter.

Ajoutons que ce poisson est d'une vigueur particulière dans son élément, et qu'il met un véritable entêtement à ne pas s'en laisser extraire.

Qui aurait le courage de l'en blâmer ?

Pour être à même de triompher de sa résistance, vous ferez bien d'établir votre ligne avec un fort cordonnet de soie, fixé sur une canne très solide et très souple ; le flotteur sera en liège et l'hameçon, numéro 8 ou 9, monté sur très fort crin de Florence ou, pour plus de sûreté, **sur deux crins tordus ensemble.**

On pratique aussi avec le barbeau, mais plutôt au printemps, la pêche au grelot, que voici :

Après avoir amorcé la veille avec des boules de terre glaise faites d'asticots et de fromage de gruyère, plantez en face de l'endroit amorcé un piquet sur la berge; attachez-y votre canne, de manière qu'elle surplombe bien la rivière.

Au bout du scion, qui, autant que possible, devra être en balcine, fixez un petit grelot. L'hameçon, un numéro 9 ou 10, se cachera dans le corps d'un ver rouge ou de plusieurs asticots, lesquels seront eux-mêmes enfermés dans des boules de terre glaise, de la grosseur d'un œuf de pigeon, afin d'être préservés des attaques de l'ablette et de la vandoise, très friandes de cet appât.

Empilez l'hameçon avec un fort crin de Florence double, lequel sera fixé au scion par un solide cordonnet; pas de flotteur.

Jetez à l'eau votre ligne ainsi montée, et attendez que le grelot se mette à carillonner; alors, ferrez promptement d'un mouvement sec.

On peut, dans ce genre de pêche, dresser plusieurs lignes, mais il est indispensable dans ce cas de se servir de grelots ayant un son différent, afin de ne pas hésiter, le moment venu, ou même lever une canne dont le grelot serait demeuré silencieux.

Mais la véritable pêche du barbeau se pratique au *toucher*, sans gaule ni flotteur.

Muni d'un solide cordonnet, le plus long possible, auquel est attaché un morceau de plomb un peu gros et un solide hameçon, vous prenez place sur un pont ou une berge élevée.

Eschez votre hameçon d'un gros ver rouge, ou de plusieurs asticots, que vous enfermerez dans une boule de terre glaise comme il est dit dans la *pêche au grelot* ci-dessus, et jetez votre ligne à l'eau.

La terre glaise se dissoudra et formera dans la rivière une traînée jaunâtre qui attirera **près** de **votre** hameçon le barbeau en quête d'une proie. Aussitôt qu'il aura découvert votre boule de terre, il l'attaquera pour la détruire et s'emparer des asticots ; ses coups se répercuteront sur la ligne que vous tenez à la main et lui communiqueront un léger, mais sensible tressaillement.

C'est le moment d'être attentif. Bientôt, vous vous apercevrez d'une traction sur votre ligne, ferrez vivement d'un simple mouvement du poignet, le poisson est pris ; vous n'avez plus qu'à l'amener à portée de la main.

Gette pêche très agréable, et qui peut être en même temps fort productive, a l'avantage de ne pas vous charger d'instruments ; quelques hameçons, une boîte d'asticots, votre cordonnet roulé sur son plioir, et vous voilà équipé, pour faire... peut-être de très belles captures.

Tant que le barbeau n'a pas atteint le poids d'une livre, on lui donne le nom de *Barbillon*.

Observons, en terminant, que les œufs du barbeau passent pour être malfaisants.

Peut-être cette nocuité n'est-elle pas constante ; et dépend-elle de la nourriture (souvent des débris organiques) qu'absorbe le poisson. En tout cas, il sera préférable de s'abstenir.

Bouvière

La bouvière que les Picards appellent *rosière*, est un des plus petits cyprins de nos rivières, d'une couleur bleu d'acier, mais quelquefois verdâtre, jaunâtre en dessous, selon les saisons.

Elle se plaît dans les eaux pures et coulantes, affectionnant surtout les barrages et les écluses des moulins. On la pêche comme l'ablette, à l'asticot ou à la mouche, ainsi qu'au ver de vase.

C'est un médiocre poisson comme manger, mais par contre, un excellent appât pour le brochet et la perche.

On l'appelle aussi *péteuse*. N'insistons **pas** ; laissons lui plutôt son surnom picard.

Brème

La brème se plaît dans les eaux tranquilles et assez profondes, surtout à fond vaseux ; et cherche sa nourriture parmi les herbes et les roseaux.

On ne la tient généralement pas pour un manger exquis, pourtant, bien surprise dans le beurre bouillant, et agrémentée de fines herbes, elle n'est pas à dédaigner (1).

Quoiqu'il en soit, on la pêche avec ardeur, vu qu'elle donne en abondance lorsqu'on s'est mis dans les conditions voulues, et qu'en raison de sa taille, on a vite garni sa filoche. Les brèmes d'une livre et plus sont de prise courante.

---

(1) Voir la *Cuisinière des petits ménages*, même collection.

On prend la brème en tout temps à la ligne
flottante, mais elle ne mord guère avant juillet.

Jusqu'à la fin septembre, pêchez à l'asticot ou
au ver de vase, de terreau si vous n'avez ce dernier sous la main.

Amorcez avec de grosses pelotes de terre grasse
mélangée avec du blé cuit, des asticots, des vers
de terreau coupés en minuscules tronçons ; ajoutez au besoin des croûtes de pain détrempées à
l'eau.

La brème étant longue à venir à l'amorce, il
sera bon de s'y prendre dès la veille.

Corps de ligne en crin tordu sur quatre flotteurs
en plume et hameçon numéro 12, monté sur un
crin que vous avez éprouvé auparavant, de
crainte de vous voir démonté.

Ayez un scion un peu dur, plutôt que souple,
et, après ferrage, aidez-vous de l'épuisette.

Il arrive assez souvent que la brème donne un
coup montant, dit de relevage ; vous voyez alors
le flotteur glisser à la surface sans enfoncer ;
pressez-vous de ferrer.

Paresseuse comme une grande dame, la brème
ne sort des herbes et des roseaux, dans la belle
saison, que vers 9 heures du matin, rentre dans

ses caches vers midi, comme si elle attendait le premier coup de l'*Angelus*, puis elle revient là où vous avez amorcé, et y reste jusqu'à la chute du jour, s'amusant avec votre plume et vous fournissant l'occasion de remplir copieusement votre filoche ou votre panier. Quand elle donne, c'est une bénédiction !

Vivant dans les mêmes eaux que la carpe, il est prudent, vers le soir, de changer le corps de ligne pour un plus solide et de monter un hameçon numéro 10 ou 11. L'esche, si vous pêchez au ver de vase ou à l'asticot, peut être avantageusement remplacée par un ver de terreau bien en vie. On a chance alors de piquer parmi de grosses brèmes, une belle carpe, ou tout au moins quelque carpillon ventru comme un frère mendiant.

La brème se prend aussi quelquefois au *grelot* en pêchant le barbeau.

Quand on la pêche à la ligne à *soutenir*, c'est-à-dire au *toucher*, la pelote doit être pétrie seulement avec des asticots, ou bien on se sert d'une petite pelote composée de terre grasse et de ver de vase.

Voir à *Barbeau* la pêche au *grelot* et au *toucher*.

Brochet

Le brochet, qu'on surnomme *le Noble*, est le grand vorace des fleuves et rivières. Le capturer est un exploit, aussi tous les pêcheurs grands ou petits, rêvent-ils d'inscrire une telle prise sur le livre d'or de leurs hauts faits.

Sa gloutonnerie est telle, qu'il s'attaque à tous les poissons ; la perche elle-même malgré les défenses de sa nageoire dorsale, n'est pas à l'abri de sa dent vorace ; et lorsque le fretin vient à manquer, le brochet n'hésite pas à dévorer les membres de sa famille, détruisant souvent de grandes quantités de brochetons.

Pendant l'été, on ne doit pas songer à s'emparer du brochet, à moins que l'on ne connaisse a peu près exactement l'emplacement de son antre. A cette époque, le fretin est si abondant, si folâtre, si peu méfiant, que le brochet n'a pas grand'peine pour trouver à satisfaire son insatiable appétit, sans beaucoup se déplacer.

La pêche fructueuse du brochet commence avec l'automne, aux premiers froids ; le fretin tout surpris de ce changement de température, s'en inquiète et cherche un refuge dans les trous où le courant, plus frais, se fait peu sentir.

A ce moment, le brochet doit se mettre en campagne pour trouver sa nourriture ; le bon temps est passé ; son estomac crie famine, et pour peu qu'il trouve une proie à son goût au bout de l'hameçon que vous lui présentez, il se jette dessus, sans s'effrayer de votre engin.

Le premier point consiste à trouver une place favorable pour vous établir.

Choisissez, autant que possible, un endroit où l'eau soit profonde, calme et tapissée de touffes d'herbes où le brochet aime à se dissimuler.

A l'aide de pain de chénevis, de morceaux d'asticots, de vers, de blé cuit, etc., attirez le fretin autour du lieu choisi ; alléché par la perspective d'un riche repas, vous le verrez bientôt accourir en masse. Pendant que les gourmands petits poissons s'escrimeront sur vos amorces, montez votre ligne.

Le brochet étant généralement de respectable taille, il vous faut une canne excessivement solide ; vous devrez préférer, pour le corps de ligne, une bonne ficelle de fouet au cordonnet en soie ; l'hameçon simple ou double au lieu de se fixer à un crin de Florence, s'adaptera à un solide fil en laiton ou une corde à guitare, afin que les dents du brochet ne puissent l'entamer; enfin, l'appât sera un beau goujon ou tout autre petit poisson. — Voir plus haut, au chapitre des *Appâts,* la manière d'employer *le Vif.*

Un assez gros morceau de plomb sera attaché un peu au-dessus du poisson, afin de l'empêcher de remonter à la surface et, après avoir placé votre flotteur (qui devra être assez gros pour ne pas plonger sous les efforts de l'appât vivant), à environ un mètre de l'hameçon, jetez à l'eau.

Si un brochet est à proximité, vous voyez bientôt une véritable panique se produire, un sauve qui peut général du joyeux fretin qui s'en donnait à cœur joie; en même temps votre flotteur s'agite brusquement, danse une gigue effrénée.

C'est votre appât qui se livre à sa dernière chorégraphie, le pauvre animal a senti la présence de son intraitable ennemi; il emploie toutes ses forces à essayer de fuir, oubliant l'hameçon qui le retient captif.

Tout à coup, votre flotteur fait un franc plongeon!... Patience!... Ne ferrez pas encore, attendez !

Mais tout demeure immobile!... le brochet,

après avoir mordu aurait-il découvert ou déjoué le piége?

Non! car la ligne éprouve une deuxième secousse brusque et file; le flotteur, qui quelquefois est remonté à la surface pendant le temps d'arrêt, fonce de nouveau. C'est à présent, à présent seulement, qu'il faut ferrer. Si vous l'aviez fait à la première touche, votre coup serait complétement manqué.

Pourquoi?

Il est bien simple de s'en rendre compte lorsqu'on connaît les habitudes du brochet. Jamais ce destructeur n'avale sa proie du premier coup; il la saisit d'abord en travers pour l'entraîner au au fond; alors, il la lâche un instant pour la reprendre aussitôt, cette fois par la tête, et l'avaler définitivement.

Voilà donc le brochet avec votre appât et votre hameçon au fond de la gorge. Il n'est pas encore à vous. Auparavant il faudra soutenir une véritable lutte.

De l'avis des vieux lignards, c'est le moment le plus critique, et la vérité, c'est qu'on n'entend parler que de pêcheurs démontés, de lignes brisées, etc., etc.

Ce fait, par sa fréquence même, rend d'ail-

leurs la hablerie facile. Nous devons ajouter
que nombreux sont parmi les lignards, les gas-
cons qui prétendent avoir manqué le brochet à
l'occasion d'une ligne fâcheusement accrochée
dans les herbes... Passons!

Si vous êtes sûr de vos engins, ne rendez pas
un pouce de ligne au brochet, car il en profite
d'ordinaire pour fuir au large, ce qui vous oblige
à baisser votre scion, à l'amener en droite ligne
avec le fil, par conséquent augmenter les avantages de résistance du brochet, puisque vous
perdez tout le bénéfice de la flexibilité de votre
canne.

Gardez-vous aussi d'enlever d'autorité, maintenez donc haut à deux mains, fatiguez le poisson sur l'élasticité du scion et quand votre gibier
donnera des signes de fatigue, noyez-le en lui
sortant légèrement la tête de l'eau. Entre temps,
évitez, si possible, les herbes de la rivière auxquelles il pourait s'accrocher, et tâchez, pour finir, de l'amener sur une rive sans grande profondeur.

Si vous voulez utiliser l'épuisette, appelez
quelqu'un à la rescousse; si vous tentiez la chose
seul, et que vous ayez affaire à une forte pièce,
vous pourriez fort bien être joué, au moment où

votre attention est distraite, et où vous ne tenez plus la ligne que d'une main : les deux ne sont pas de trop pour résister aux efforts d'un brochet de quelques livres seulement.

Le brochet ayant, en somme, une touche assez rare, peu de pêcheurs le poursuivent exclusivement.

Généralement, c'est en pêchant les petits poissons qu'on tend un piège au brochet.

Ainsi donc, vous voilà parti pour prendre du goujon, de la brème, de simples ablettes ; après avoir soigneusement amorcé, vous jetez à l'eau votre hameçon, esché d'un asticot, d'un ver ou de blé cuit; les minutes succèdent aux minutes, les heures passent et votre flotteur ne bronche pas, la cause de cette indifférence des poissons pour votre appât, peut fort bien être un brochet ou une perche chassant dans les environs, et du moment que les petits poissons se sentent poursuivis, vous pouvez être sûr d'avance qu'ils ne s'occuperont pas de vos appâts : dans ces conditions, vous n'avez que deux choses à faire : ou aller tenter la chance ailleurs, ou vous emparer du vorace, quel qu'il soit.

Si vous adoptez ce dernier plan, voici ce que vous avez à faire.

Eschez sur un hameçon double ou simple, muni de son armature de laiton, un petit goujon ; attachez votre laiton à une ficelle de fouet ou à un fort cordonnet de soie ; à cette ligne, fixez un morceau de liége, à défaut une petite botte de paille ou d'herbe.

Au moyen d'une corde longue de plusieurs mètres, reliez votre liége à un arbre de la rive ; puis, jetez votre appât à l'eau et attendez l'attaque du vorace.

Si vous voyez votre liége plonger, laissez faire, et ne commencez à tirer sur la corde que lorsqu'elle sera bien tendue. Vous pouvez être sûr que le brochet ou la perche s'enferreront d'eux-mêmes, plus solidement peut-être qu'avec votre concours.

Nous devons faire remarquer que ce mode de pêche ne peut se pratiquer que dans les cours d'eau où la pêche n'est pas réglementée.

Un dernier conseil :

Lorsque vous avez pris un *noble* ou *requin d'eau douce* — ainsi qu'on appelle le brochet — ayez une extrême prudence en lui enlevant l'hameçon du gosier.

Le brigand a la vie tenace ; ses redoutables mâchoires peuvent se refermer sur vos doigts, peut-être les couper, en tout cas, les **mutiler** gravement.

Si vous continuez la pêche, le meilleur serait de vous servir d'un autre hameçon et ne retirer celui avalé que plus tard ; si vous n'en avez pas de rechange, ayez soin d'introduire en travers de la gueule du vorace un morceau de bois qui maintienne les machoires écartées. En outre, pour sortir l'hameçon, employez le dégorgeoir plutôt que vos doigts.

Carpe

De tous les poissons d'eau douce, la carpe, surnommée la *grosse mère*, est l'un des plus recherchés tant à cause de sa chair savoureuse (nous parlons de la carpe de rivière et non de celle d'étang), que de sa belle taille. On cite des lignards qui en ont pris de trente et quarante livres.

Le cas est rare, mais il est certain. Aussi que d'ambitions il excite.

On commence à pêcher la carpe en février ; à ce moment, ses mordages sont fort rares, et sa chair n'est pas très ferme.

En juillet et août elle mord plus facilement ; l'appât qui lui convient à ce moment est le ver rouge, qu'on esche de façon à cacher presque complètement l'hameçon, car la carpe est fine et méfiante. Elle semble réfléchir mûrement avant de se décider à mordre.

On doit, dans cette pêche, placer l'appât à quelques centimètres au-dessus du fond de la rivière.

Mais l'époque favorable à la capture de la grosse mère ne commence guère qu'en septembre ; c'est alors qu'elle mord le plus volontiers, et c'est alors aussi que sa chair est le plus estimée.

Nous disons qu'elle mord plus volontiers ; il est probable que cela tient tout simplement à ce qu'on peut lui offrir dès septembre un appât dont elle est très friande : la fève des marais cuite, et employée comme il est dit au chapitre *Appâts* sous la rubrique de *Fève de Marais*.

La carpe est encore assez gourmande de mie de pain : si vous essayez de cet appât, faites-en une boulette, que vous fixerez à un hameçon numéro 6, et tremperez dans l'huile pour empêcher la désagrégation, trop rapide sous l'action de l'eau.

Avec la fève de marais ou la mie de pain, il est indispensable de pêcher plomb à terre, le crin de Florence traînant presque dans toute sa longueur sur le fond de la rivière.

Ce n'est pas tout que de connaître les appâts qui conviennent à la carpe : il importe de savoir choisir un endroit favorable.

Cherchez une place où le courant soit peu rapide, l'eau profonde, le fond vaseux et herbeux et opérez avec une canne excessivement solide, un cordonnet de soie très résistant, un flotteur plutôt léger, un bon crin de Florence, garni de petits plombs, et enfin un solide hameçon.

Il est indispensable d'amorcer la veille ou l'avant-veille, car la carpe est très longue à venir à l'appât.

Certains pêcheurs amorcent tous les jours de la semaine au même endroit pour y pêcher le dimanche ; ceux-là ont de grandes chances de réussite.

Employez comme amorces des fèves cuites, de la mie de pain, ou encore du blé cuit selon la recette que nous avons donnée aux appâts. — Voir *Grains*.

Vous voici donc installé, la ligne à la main ;

vous n'avez plus maintenant, qu'à faire preuve d'une patience exemplaire.

Remuez le moins possible, car la grosse mère prend peur au moindre mouvement brusque de la ligne ; ne faites pas de bruit et surtout tenez-vous caché sur la rive de façon que la carpe ne puisse vous apercevoir.

Il n'est pas rare lorsqu'on vise ce poisson, de ne rien prendre le premier jour ; mais si l'on ne se décourage pas et qu'on continue à amorcer tous les soirs au même endroit, on finit toujours par être dédommagé de l'attente et par faire quelque pêche miraculeuse.

Lorsque vous voyez une touche, n'oubliez pas ceci : La carpe n'attaque jamais franchement ; elle commence par mordiller l'esche, ce qui fait faire de petits sauts au flotteur, puis rapidement, elle saisit l'appât et l'emporte.

C'est au moment où elle file entraînant le flotteur à sa suite, qu'il faut ferrer d'un mouvement rapide du poignet.

La bête prise, faites appel à toute votre patience. Il ne faut pas songer à enlever la carpe d'autorité, car elle est beaucoup trop vigoureuse pour cela.

Fatiguez-là en opposant continuellement à ses

efforts, la flexibilité de votre scion, usez, en un mot, de toutes les précautions que nous avons conseillées pour le brochet. — *Voir plus haut.*

Surtout, ne brusquez rien ; souvenez-vous que certains vieux pêcheurs très expérimentés, ont mis quelquefois une heure pour sortir une belle carpe de son élément, et la jeter sur le pré, où, vainqueurs éreintés, ils avaient eu grand besoin de s'étendre eux-mêmes à ses côtés.

Chabot

C'est un poisson à grosse tête qui se tient sous les pierres ; on le connaît sous quantité de noms ; nous n'en citerons que quelques-uns pour mémoire : Cabot, Séchot, Vilain, Chaca, Chaboiseau, Echabot, Tête d'Aze, etc., etc. On le confond souvent avec le têtard de la grenouille.

Il est excellent à manger ; on le pêche surtout à la fourchette, en soulevant avec précaution les pierres sous lesquelles on suppose qu'il se cache ; on peut aussi le prendre à la ligne en eschant avec des vers de vase ou de terreau.

Le chabot est pour l'anguille un excellent appât, le brochet en est aussi très friand.

Chevesne, Juerne ou Meunier

Dans toutes les eaux on trouve et avec la plupart des appâts on prend le chevesne, qui est bien le poisson le plus goulu de la gent aquatique.

Ses endroits de prédilection sont les abords des moulins (d'où son nom de meunier), des piles de ponts et des chutes d'eau.

Le juerne peut atteindre le poids de trois et même quatre kilogrammes ; on en rencontre rarement de cette taille, mais il est assez commun d'en trouver de deux ou trois livres ; par conséquent, il est bon pour pratiquer cette pêche d'être assez solidement monté.

Pendant l'été le chevesne vient volontiers à la surface, pour s'emparer des insectes que leur mauvais destin fait tomber à l'eau. On le pêche alors à la *volante,* avec un hameçon numéro 9 ou 10, esché d'une abeille, d'une sauterelle d'un hanneton, ou encore à la mouche artificielle.

Cette pêche est amusante. Si l'on a la possibilité de se dissimuler sur la rive de façon à voir le poisson sans en être aperçu, on pourra suivre

tous ses mouvements, et par là décupler les
douces émotions que procure au pêcheur la capture imminente.

Lancez l'appât, de manière qu'il tombe molle-
ment, à quelques centimètres devant la gueule de
votre proie et faites en sorte de l'amener à tourner les yeux du côté où vous n'êtes pas. La manœuvre a du bon, car si goulu que soit le chevesne il n'en est pas moins craintif et méfiant
comme tous ses compagnons d'eau douce.

Pour la même raison, s'il fait du soleil, placez-
vous en sorte que votre ombre ne se projette pas
sur l'eau.

Votre appât étant lancé, surveillez-le attentivement et au moment ou le chevesne l'avalera
ferrez promptement.

A moins que le chevesne ne soit de très forte
taille, la mise hors de l'eau offre peu de difficultés ; après quelques bonds dans toutes les directions, le prisonnier demeurera immobile et vous
pourrez facilement l'amener sur la rive.

Il est bien entendu que, pour cette pêche,
votre ligne sera complètement dépourvue de
plombs et de flotteur.

Avec les premiers froids, le chevesne s'enfonce
dans l'eau et cherche un refuge dans les trous et

sous les racines; alors, on ne peut espérer le prendre qu'en pêchant à fond.

Placez-vous dans un endroit où l'eau peu rapide, ait de un à deux mètres de profondeur, amorcez avec du pain de chénevis, des asticots, du sang caillé, et, à votre hameçon, fixez un morceau de sang caillé préparé de la façon qu'il est dit au chapitre *Appât* sous la rubrique *Sang caillé*.

Il est indispensable que votre plomb repose au fond de la rivière, et que le crin de Florence soit librement tendu dans la direction du courant.

A la première attaque, qui est souvent brutale, ferrez d'un coup rapide.

On peut aussi pendant l'hiver pêcher au *noquet* (voir aux *Appâts*), mais toujours plomb a terre.

Eperlan

Ce joli poisson de mer, qui remonte les fleuves pour y déposer ses œufs, se prend rarement à la ligne; la véritable pêche de l'éperlan se fait au filet.

Nombre de pêcheurs parisiens prennent, dans

la Seine, un petit poisson dit *éperlan bâtard ou de Seine;* mais celui-ci est de la famille de l'a-blette, et on ne doit pas le confondre avec le véritable éperlan.

Epinoche

C'est le seul poisson de rivière que le brochet respecte, à cause des dards dont son dos est hérissé; sa chair n'est pas bonne; aussi ne le pêchet-on pas; mais la voracité de l'épinoche est telle, qu'il se prend de lui-même aux lignes qu'on tend aux gardons et aux brèmes, ce qui fait proférer aux pêcheurs plus d'un juron.

Autre détail, qu'on connaît peu et qui est bien de nature à faire honnir l'antipathique *savetier.*

Cet animal, dont la taille ne dépasse guère 7 à 8 centimètres, détruit quantité de petits poissons naissants.

Bocker, observant le fait, a vu un épinoche dévorer en cinq minutes soixante-quatre minuscules poissons de 3 lignes...

Autant qui ne deviendront pas grands!

L'épinoche offre cependant une particularité très intéressante et des plus singulière.

Il construit un véritable nid pour abriter sa progéniture, et c'est le mâle qui s'occupe de l'élevage de ses enfants, les défendant contre la femelle, laquelle, mère affreusement dévoratrice, en ferait volontiers sa proie.

Esturgeon

Au lieu de passer toute sa vie dans les eaux salées, cet énorme cartilagineux recherche les eaux douces lorsque le printemps arrive et se laisse quelquefois prendre à la ligne.

Comme amorce un saumon ne lui ferait pas peur, il recherche même volontiers leur compagnie au moment de la remonte; mais les pêcheurs de la Vistule, pour ne parler que de ceux-là, se contentent de l'amorcer avec un chevesne de belle corpulence.

Ce sont les œufs d'esturgeon qui constituent le véritable *caviar*. Mais nous pourrions aussi avoir le caviar de carpe.

Gardon ou Rousse

Dans les eaux limpides, à fonds caillouteux ou

sableux, on trouve le gardon en abondance ; ce poisson, dont la chair est assez agréable, mord volontiers à la ligne et offre par conséquent une victoire facile au pêcheur.

Les meilleurs endroits pour prendre du gardon sont les haïs, ou les renfoncements de terre dans lesquels le courant établi un léger tourbillon ; près des parages herbeux, le gardon se trouve aussi en quantité.

On amorce le gardon avec du pain de chénevis finement râpé, et des boules de terre glaise bourrées d'asticots.

Ce poisson ne dépassant que rarement le poids d'une livre, vous emploierez des engins très fins, mais cependant solides ; votre canne devra être très souple, votre ligne en crin ou mince cordonnet ; une plume d'oie légère remplira l'office de flotteur, et la monture de l'hameçon sera en crin de cheval, moins visible.

Les appâts du gardon sont nombreux.

Au moment de l'ouverture de la pêche, offrez-lui un ver d'eau fixé à un hameçon numéro 16 ; plus tard, lorsque cet appât manque, ou encore si vous pêchez dans des eaux peu courantes, employez le blé cuit esché sur hameçon numéro 14 ou 15, selon la grosseur du blé, de façon que le fer puisse se cacher complètement dans le grain ; vous devez, pourtant, laisser sortir légèrement la pointe de l'ardillon, afin qu'elle ne soit pas arrêtée par la peau du grain, lorsqu'il sera utile de ferrer.

Dans des eaux vives, au contraire, l'asticot, le chrysalide du ver de viande, connu sous le nom d'épine-vinette, et les vers rouges donneront d'excellents résultats ; on pourra avec ces appâts employer un hameçon un peu plus gros qu'avec le blé, un numéro 11 ou 12, par exemple.

Le moment le plus favorable pour la pêche du gardon, c'est le matin de très bonne heure, jusque vers huit ou neuf heures ; après cela les touches deviennent de plus en plus rares.

Quoique le gardon aime à venir se promener à fleur d'eau, on doit lui offrir l'appât au fond de la rivière ; si vous êtes dans un endroit où l'eau est presque stagnante, pêchez plomb à terre ; si au contraire le courant se fait sentir, prenez avec la sonde la profondeur exacte de la rivière, de façon que votre appât se promène à environ cinq centimètres au-dessus du fond.

Dans tous les cas, que vous pêchiez plomb à terre ou non, vous ne devez pas vous préoccuper des petits sauts que votre flotte pourra exécuter, mais seulement ferrer, d'un coup rapide du poignet, lorsque votre bouchon plongera d'une façon décisive.

On peut, pour rendre cette pêche plus profitable, placer deux hameçons sur le même crin.

Goujon

Fort connu de tout le monde, très recherché pour la friture, le goujon habite de préférence les eaux vives à fond sableux ou de petits graviers.

On le pêche en tout temps, mais les mois où il donne le plus sont ceux d'août et septembre.

Le goujon n'étant jamais de grande taille, le corps de la ligne sera fait de trois ou quatre crins, et l'hameçon, numéro 11 ou 12, se fixera à un crin de cheval très fin et très souple. Comme flotteur prenez une plume ou un très petit bouchon de liège.

Contrairement à la méthode habituellement suivie avec les autres poissons, le goujon n'a pas besoin d'être amorcé.

Il paraît avoir un goût très prononcé pour les eaux troubles ; aussi, pour l'attirer, vous n'avez

qu'à vous munir d'une gaule et à gratter fortement le fond de la rivière un peu au-dessus des
trous où vous constaterez ou supposerez sa présence. La terre que vous remuerez troublera l'eau
et attirera les goujons qui, dans l'espoir de dé-
couvrir quelques vers, accourront en masse. Pendant les chaleurs, on peut entrer soi-même dans
la rivière et remuer le fond avec les pieds. On
fait ainsi quelquefois des pêches miraculeuses,
où la quantité et la qualité compensent la légè-
reté du poids individuel.

L'appât de prédilection du goujon est le ver de
vase ou de terreau ; on peut aussi se servir de
l'asticot, mais le goujon semble mordre avec
moins de plaisir à ce dernier appât.

Il est nécessaire, pour le succès de cette pêche,
de promener l'appât à quelques centimètres seulement du fond.

Avec le goujon, l'attaque est toujours vive,
franche, vous pouvez donc attendre pour ferrer
que votre flotteur plonge nettement.

Pour activer la pêche, placez deux hameçons
à votre crin. De cette façon, si vous êtes tombé
sur une bande, en moins d'une heure vous pourrez récolter une superbe friture.

A propos de goujon, le regretté Méry rapporte

une anecdote charmante que le lecteur nous permettra de lui conter.

Le héros en est M. de Salvandy, ministre de l'instruction publique sous Louis-Philippe, et grand pêcheur devant l'éternel.

Un matin, M. de Salvandy, qui avait l'habitude de s'évader furtivement le matin de son hôtel, pour se livrer à son occupation favorite, descendait sur le quai d'un air indifférent, mais le cœur bondissant.

Il avait découvert sous une arche du pont de la Concorde, une place divine, un vrai nid à goujons.

Et depuis plusieurs jours, le ministre, heureux comme un écolier en vacances, les yeux tendus sur le bouchon, oubliait son portefeuille et l'univers entier, piquait le fretin, jusqu'à ce que le passage des Parisiens lui fît craindre de voir sa personnalité reconnue et sa dignité compromise.

Ce matin-là, M. de Salvandy trouva sa place prise.

Vexé comme l'est un chasseur qui voit tuer le gibier qu'il a levé, il n'osa cependant revendiquer ses droits de premier occupant, mal fondés en l'espèce. Mais le fait s'étant renouvelé le len-

demain, il épuisa la dose de patience nécessaire
à un ministre... et à un ministre de l'instruction
publique.

S'approchant de l'usurpateur et après avoir
sondé le terrain par quelques questions générales
sur son bonheur à la pêche, les divers procédés
et les heures favorables, il lui demanda s'il n'a-
vait pas d'autres occupations plus sérieuses et
quel heureux hasard lui avait fait ce loisir.

— Hélas! monsieur... *infandum, regina,
jubes*... comme qui dirait : « ce sont des choses
dont je n'aime pas à parler. »

M. de Salvandy fit un haut-le-corps à cette
familière et latine apostrophe.

— Hélas ! reprit le pêcheur, vous renouvelez
mes chagrins !

— Désolé, Monsieur, de vous avoir fait de la
peine par mon indiscrétion...

— Oui, Monsieur, j'étais recteur de l'Académie
de X..., et le ministre de l'instruction publique,
trompé par de faux rapports, vient de me des-
tituer ; aussi je me suis rendu à Paris pour ré-
clamer contre cette injustice. Mais les ministres
sont peu accessibles pour nous autres, pauvres
hères ; et autant pour occuper mes loisirs que
pour me livrer à l'exercice de la pêche que j'a-

dore, je viens m'installer ici, oubliant ma dou-
leur une ligne à la main.

— Espérez-vous donc? insista le ministre.

— J'espère que Son Excellence, une fois
qu'elle m'aura entendu, me rendra justice; mais
hélas ! la justice ministérielle a le pied lent !...

M. de Salvandy, qui connaissait cette affaire,
pria son rival de lui en raconter tous les détails,
lui affirmant qu'il avait quelques amis bien
posés au ministère de l'instruction publique, et
que, peut-être, il viendrait à bout de le faire
réintégrer.

Rentré chez lui, le ministre se fit apporter le
dossier de l'affaire, l'étudia soigneusement et re-
connut l'erreur dont était victime l'usurpateur
de sa bonne place de pêche.

Le soir même il lui expédiait, par estafette, un
pli cacheté sous lequel l'heureux rival du ministre trouva sa nomination à un même emploi
dans un département voisin de celui qu'il venait
de quitter, avec ordre de rejoindre immédiatement son poste.

Le lendemain, tout rayonnant, M. de Salvandy
rentrait en possession de son trou à goujons,
et garnissait son sac d'une magnifique friture.

Gremille ou Perche goujonnière

La gremille, connue aussi sous le nom de *perche goujonnière*, est un excellent petit poisson de la taille d'un goujon ; on la pêche d'ailleurs comme le goujon, au ver rouge et à l'asticot.

Il est indispensable, avec ce poisson, que le ver ne pende pas, sans quoi la gremille s'emparerait de la partie pendante, et filerait sans s'inquiéter du reste. La seule différence qu'il y ait entre cette pêche et celle du goujon, c'est que la gremille se pêche à la surface.

Grenouille

Ce batracien, fort agréable à manger, frit où à la poulette, offre aussi une pêche très divertissante ; on le prend très facilement comme suit :

Pendant la nuit, rendez-vous sur le bord d'une mare avec une torche, ou une lanterne à réflecteur, vous verrez aussitôt les grenouilles accourir en masse et demeurer immobiles, comme en extase devant votre lumière. Vous n'avez qu'à vous baisser et en ramasser autant que vous en voudrez.

On prend aussi les grenouilles à la ligne, de la façon suivante :

Au bout d'une assez longue gaule, attachez une ficelle mince, à laquelle vous fixerez une feuille de coquelicot ou un morceau de drap rouge roulé en petite boule de la grosseur d'une noisette.

Faites danser ce morceau de drap devant les grenouilles; bientôt elles sauteront dessus et y demeureront fixées par la bouche; vous n'aurez qu'à les amener à portée de la main, en évitant toute secousse, ce qui pourrait leur faire lâcher prise.

Certaines personnes, cachent, sous le drap un hameçon double ou triple; mais c'est superflu avec un peu d'habileté; l'autre méthode donne d'aussi bons résultats, et on n'a point la peine d'arracher l'ardillon du corps de la victime; on lui évite ainsi une souffrance inutile.

Le point capital, dans cette pêche, c'est d'éviter le bruit et les gestes excessifs qui mettraient en fuite la gent peureuse.

La ressemblance de certains crapauds avec

quelques espèces de grenouille a fourni l'occasion de raconter une historiette qui, si elle n'est pas vraie, est du moins assez drôle.

Un brave pêcheur, très friand de grenouilles frites, dépeçait ses prises au travers desquelles un voisin crut reconnaître quelques individus suspects.

Il en fait l'observation aussitôt.

— Mais ce sont des crapauds!

— Tant pis pour eusses! répondit notre pêcheur en jetant les batraciens dans l'huile bouillante.

L'histoire ne dit pas qu'il en fût plus malade.

Henriot

Sobriquet de la petite *Brème*. — Voyez ce mot.

Hotu

Naguère inconnu en France, le hotu nous est venu par le canal du Rhin à la Marne.

Cet intrus, fâcheux cadeau de l'Allemagne, a pris dans nos rivières une importante place, notamment dans le bassin de la Seine, et cela au détriment de nombre d'autres espèces, car quoique le hotu ne se nourrisse pas de poissons, il absorbe une telle quantité de frai, qu'on doit le tenir pour un destructeur bien plus redoutable que le brochet.

Si encore ce poisson d'aspect macabre — avec sa gueule placée en dessous comme celle du requin et bordée de lèvres énormes en bourrelets — si ce poisson était bon à manger, une compensation relative s'établirait! car c'est un beau poisson.

Mais, rien!... Sa chair est molle, sans consistance, imprégnée d'un fort goût de vase; aussi beaucoup de lignards le dédaignent-ils, ce qui fait qu'il croît et multiplie tranquillement. Il finira sans doute par peupler presque à lui seul les rivières où il a pénétré, grâce à l'énorme consommation d'œufs, qu'il fait pendant le temps où, la pêche défendue, il ne rencontre plus d'ennemis.

Il est en somme à souhaiter qu'on prenne beaucoup de hotus, non dans l'espoir de s'en régaler, mais pour en détruire le plus possible, et comme beaucoup de pêcheurs considèrent surtout la pêche comme un passe-temps, ils

peuvent trouver quelqu'agrément **à prendre**
le hotu qui mord très franchement aux appâts
qu'on lui présente.

C'est surtout dans les courants à fonds rocailleux, aux environs des abattoirs, des fonderies
de suif, des égoûts que l'on trouve le hotu **en**
abondance.

On doit le pêcher avec des engins très fins, **car**
le drôle est méfiant, et employer un hameçon
très petit, esché d'un bel asticot qu'on descendra
à 5 ou 10 centimètres du fond.

Le hotu attaquant toujours franchement, **fer-**
rez au premier plongeon du flotteur.

Lorsque ce poisson est pris, tant qu'il est **au**
fond ou en eau trouble, il ne se livre à aucune
agitation n'essaie aucune lutte, si bien que vous
pourriez croire à la décevante capture d'une
vieille savate.

Il en est autrement dès que le hotu se voit
conduit à fleur d'eau, sur le point de quitter son
élément. Là, ce que vous estimez un poids mort
donne tout à coup une brusque secousse **et si**
vous n'avez pas eu soin d'amener l'épuisette;
adieu votre prise !... Les lèvres du hotu, **qui se**
déchirent facilement cèdent sous son **effort, et**
vous voilà bredouille, sinon démonté.

On pêche aussi le hotu avec un certain succès en employant le *Noquet*. Voir ce mot au chapître des *Appâts*.

On parvient à enlever en partie le goût de vase du hotu, en lui faisant absorber un peu de vinaigre, et en le nettoyant aussitôt sa mise hors de l'eau.

Juerne, Juerneau, Juène

Autre désignation du *Chevesne*. — Voir ce mot.

Loche

La loche est un petit poisson d'une douzaine de centimètres qui se tient dans les petites rivières ou ruisseaux, embusquée le plus souvent sous les pierres ou dans la vase.

On ne la prend guère qu'à la main ou à la fourchette, en soulevant avec précaution la pierre sous laquelle elle demeure immobile. Mais il faut procéder avec adresse, sans quoi on la voit disparaître comme un éclair.

On prend aussi la loche à la ligne dans les rivières rapides, en pêchant tout à fait à fond, et en se servant d'un petit ver comme appât.

Dans les étangs, la loche qui est recherchée par les amateurs de bonne chère devient beaucoup plus grosse, mais elle perd alors en saveur ce qu'elle gagne en grosseur.

C'est encore un des meilleurs appâts pour la pêche de la truite.

Lotte

La lotte est très recherchée pour la délicatesse de sa chair, sans parler de son foie, qui est excellent, et atteint chez elle des dimensions considérables.

Ecoutez le vieux dicton qui circule le long des bords de la Saône où la lotte se trouve plus qu'ailleurs :

> Pour manger de la lotte
> Madame vendrait sa cotte !

Ce poisson, assez allongé, au corps huileux comme celui de l'anguille, lui ressemble aussi beaucoup de par son genre de vie ; comme l'anguille, elle ne sort de son trou que la nuit ou lorsque les eaux ont été troublées par **de grandes pluies.**

Elle se nourrit spécialement de petits poissons qu'elle attire en remuant les barbillons qui sont placés sur sa tête, et qui ont quelque ressemblance avec de gros vers.

On peut prendre la loche en eau trouble pendant le jour avec un petit poisson comme appât, ou la nuit à la ligne de fond tendue comme pour la pêche à l'anguille, mais en dehors des nasses, troubles ou verveux, sa capture est assez rare.

Mulet

L'animal connu sous cette dénomination est un poisson littoral qui remonte les rivières par troupes nombreuses. « On assure, dit Alphonse Karr, qu'il ne se nourrit que d'herbe et de vase; c'est pourquoi on en prend jamais à la ligne. »

Or, Alphonse Karr énonce là une contre vérité; car tous les pêcheurs du Poitou et de l'Aisne savent que ce poisson mord au ver comme un vulgaire cyprin d'étang.

Ne pas confondre le mulet avec le *surmulet* ou **barbeau de mer** dit encore *barbarin*, dont les gourmets font grand cas, et qui n'est pas un poisson de remonte.

Meunier

Autre désignation du *Chevesne*. — Voir ce mot.

Nase

Le nase est un beau poisson que l'on trouve surtout dans les eaux profondes.

Sa chair, fade et sans consistance, le fait dédaigner en cuisine, mais comme on le rencontre toujours en bande, et qu'il mord facilement sa pêche est très intéressante.

On se servira comme appât d'un gros ver bien vigoureux, et on ferrera au premier plongeon du flotteur, car le nase a une touche très douce.

Malgré son poids, qui peut atteindre un kilogramme, la mise hors de l'eau de ce poisson offre peu de difficulté.

Certains prétendent que le hotu et le nase ne sont qu'un seul et même poisson. Le fait est qu'ils se ressemblent, et il se pourrait, en tout cas, que l'un ne fut qu'une simple variété de l'autre.

Noble

Sobriquet du *Brochet*. — Voir ce mot.

Ombre ou Ombre-Chevalier

Si vous voulez faire la connaissance de ce salmonide à la chair blanche et parfumée, il vous faudra entreprendre un voyage dans les Ardennes, en Auvergne, en Dauphiné, ou encore en Suisse. Les lacs élevés, les rivières caillouteuses sont celles où il vit et qu'il ne déserte guère, n'étant pas montagnard à demi.

On le prend, à la ligne, avec la mouche artificielle et tous les insectes ailés (1). Quelquefois aussi au ver d'eau.

Comme son poids dépasse rarement une livre, faites votre corps de ligne de deux ou trois crins, et fixez votre hameçon numéro 10 ou 11 à un

---

(1) Voyez à Truite, la manière de pêcher à la *mouche artificielle*

crin très fin, le moins visible possible, car ce poisson, excessivement méfiant, fuit comme... une ombre, à la moindre alerte.

On en distingue plusieurs variétés. De toutes, la chair est très estimée.

Perche

Dans la plupart de nos rivières et dans beaucoup d'étangs, on rencontre la perche.

Ce poisson, sous nos climats, dépasse rarement 2 kilogrammes, mais en remontant vers le nord, il augmente, paraît-il, sensiblement de taille. On a vu, en Angleterre, des perches de 10 livres.

Sa chair est, dans tous les cas, exquise et procure un vrai régal à son vainqueur.

La perche, très gloutonne, se nourrit de vers, de grenouilles et surtout de petits poissons dont elle fait une grande consommation.

Pour la pêcher, munissez-vous d'une bonne canne et d'une solide ligne ; monture sur fort crin de Florence, hameçon numéro 8, et placez-vous, de préférence, près d'une chute d'eau ou d'une culée de pont, car la perche se tient surtout dans les courants rocailleux, parmi les cailloux tombés des barrages.

Votre flotteur sera en liège et placé de manière que l'appât, un beau ver rouge, se promène à quelques centimètres au-dessus du fond de la rivière. Une petite balle de plomb, attachée à environ dix centimètres au-dessus de l'hameçon, maintiendra l'esche à la profondeur voulue.

L'attaque de la perche étant toujours franche avec le ver rouge, ferrez au premier plongeon du flotteur et amenez sur la berge, avec ou sans précaution suivant la grosseur de la bête.

Soyez toujours prudent, lorsque vous retirez le fer de la bouche de la perche, car cet animal a la vie très dure, et comme il est puissamment armé il pourrait vous blesser.

Lorsque vous voudrez capturer de grosses perches, il sera toujours préférable de pêcher au vif.

Prenez un beau véron, ou un goujon que vous fixerez à l'hameçon, en choisissant l'une des manières décrites au chapitre *Appâts*, sous la rubrique *Vif*; placez votre flotteur de façon que le poisson-appât nage à cinquante ou soixante centimètres au-dessous de la surface et attendez en faisant le moins de bruit possible.

Une violente secousse du flotteur vous informera de l'attaque; pas de hâte, mais ferrez aussitôt que vous aurez perdu de vue votre flotteur.

La perche se prend aussi au *poisson artificiel* et à la *cuiller*, genre de pêche que nous avons décrit au chapitre des *Appâts*.

L'ennui de cette méthode, c'est qu'on est continuellement obligé d'imprimer au leurre un mouvement de va et vient, ce qui est fatigant, d'autant plus que la perche ne vient que très lentement à cet appât.

Le meilleur sera donc, en somme, d'employer un petit poisson vivant.

M. *A. Dubois* auteur de la *Pêche à la ligne en eau douce*, pêche la perche à la *branlette*, et se flatte d'avoir pris, par ce nouveau système, quatre-vingt perches en deux heures.

On pêche à la branlette, avec une ligne ordinaire au dernier crin de laquelle on attache une pyramide de plomb ressemblant à la *sonde*, mais plus allongée et pesant 15 grammes environ. Cette attache est faite par un nœud coulant, en passant le crin dans un petit trou ménagé à cet effet fig. *a*, vous fixez l'empile juste au-dessus de la pyramide en plomb au moyen d'un nœud coulant identique au premier fig. *b*. La **figure c** montre ce qu'est l'engin après le serrage des **nœuds.**

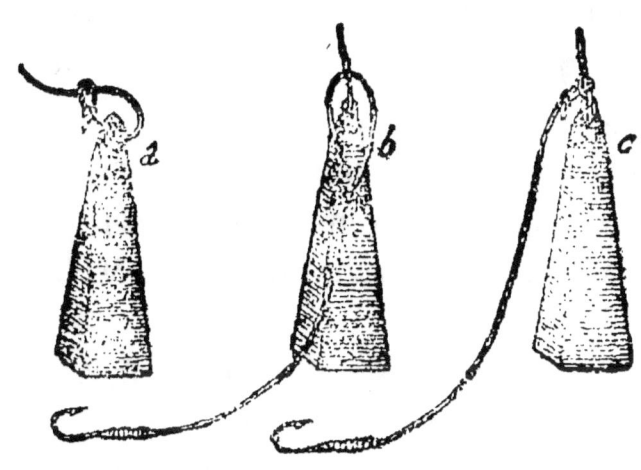

Fig. 18, 19, 20. — Mode d'attache de la pyramide.

La branlette est ainsi bien dépendante de la ligne, tandis que l'hameçon est en quelque sorte indépendant. Le bruit de l'engin tombant dans l'eau produit sur la perche l'effet du poisson artificiel sur la truite, avec toutefois cette différence que la base de la branlette doit frapper sur le fond, en attirant la perche du côté de l'appât, et non vers la petite pyramide branlante.

Approchez de la rive avec précaution et jetez

votre ligne à l'eau sans craindre le bruit que fera la branlette à son contact. Commencez près de la rive, d'abord, dès que le plomb a touché terre, relevez-le de 15 à 20 centimètres et laissez-le retomber à nouveau, pour recommencer ensuite, jusqu'à ce qu'une perche vienne se prendre à votre piège.

Si vous vous trouvez dans le voisinage d'une écluse ou d'un moulin, vous n'attendrez pas longtemps la visite de la perche ; du moins M. Dubois le prétend ainsi.

Que vous pêchiez la perche à la surface ou au fond, il est indispensable de jeter votre ligne à l'eau de grand matin, ou un peu avant le coucher du soleil. Dans le milieu de la journée il y a peu de chose à faire, à moins qu'il n'est plu la veille ou le matin.

Une petite historiette, pour finir avec la perche. C'est Alphonse Karr qui parle :

« L'aube me voyait armé et guerroyant, et souvent le soleil était caché que je fouettais encore le fleuve avec mes amorces. J'opérais volontiers sur les ponts ; j'ai toujours trouvé la pêche du haut des ponts supérieure à celle qui se pratique sur la rive. « On domine la situation, » et pour peu que l'eau soit limpide, on assiste à toutes les phases de ses captures. Ainsi, la Seine, à Valvins, près de Fontainebleau, est assez claire pour offrir au pêcheur heureux le spectacle de sa victime tournant autour de l'appât, le happant et s'enfuyant ensuite, sans se douter que cette fuite accrochera son museau au fer mortel !

« Or, un jour, du haut du pont de Valvins, j'avais assisté aux débats préliminaires d'une perche énorme, poisson rarement très gros, autour du goujon vivant que je présentais à sa voracité. J'avais eu, ô joie ! l'ivresse de la voir se jeter sur sa proie, et je l'avais victorieusement « ferrée ». Bref, je la tenais, c'est-à-dire que je m'escrimais pour amener à mon poste élevé ma prise qui pesait deux livres au moins, et j'étais arrivé à la hisser sur le pont, ou elle se débattait comme un diable dans un bénitier. Je ne pouvais facilement la saisir ; dès que j'en approchais la main, elle hérissait ses nageoires dorsales, caudales et abdominales, qui sont formidablement armées, et dont les piqûres sont parfois très graves.

« A ce moment débouche de la tête du pont toute une brigade de cavalerie qui se rendait aux manœuvres, commandée par le général du B... Je sentis que si je cédais ma place, je n'aurais jamais ma perche, qui sautait, sautait insensi-

blement, vers le parapet à claire-voie et allait
retomber dans la Seine. Ma foi ! je n'hésite
point, et je cours au général, entouré de son état-
major.

« J'étais vêtu comme un mendiant de la pire
espèce ; on m'eut donné deux sous !

« Le cheval du général se cabra devant mon
chapeau de paille gigantesque, ma blouse macu-
lée de terre et ma barbe qui n'était pas faite
depuis huit jours.

« — Vous ne passerez pas, général !... lui
criai-je.

« L'histoire d'un homme arrêtant seul une
brigade sur un pont avec une ligne est très rare.
A Arcole, Napoléon était appuyé par un régi-
ment. Moi, pour toute défense, j'avais ma gaule,
que je n'avais pas lâchée et au bout de laquelle
ma perche pétillait toujours. Que vous dirai-je?
L'officier supérieur était de mes amis ; je me
nommai. Il eut de la peine à me reconnaître
sous mes haillons ; finalement, il éclata de rire et
commanda :

« — Halte !

« Et j'eus ma perche. »

Perche goujonnière

Autre désignation de la *Gremille*. — Voir ce mot.

Rousse

Autre désignation du *Gardon*.— Voir ce mot.

Saumon

Ce poisson qui, à l'âge adulte, atteint un poids considérable — jusqu'à 30 kilogrammes — est renommé pour l'exquisité de sa chair.

C'est un poisson de mer; mais au printemps il remonte les rivières pour frayer et ne redescend que vers l'automne. Il n'existe pas dans la Méditerranée : on le chercherait donc vainement dans les rivières ou fleuves qui s'y jettent. Il est, au surplus, devenu rare, après avoir été autrefois très abondant.

On le prend à la ligne à la grosse mouche arti-

ficielle de la même façon que la truite. On trouvera plus loin, au mot *Truite*, le détail de cette
pêche.

Fig. 21. — Mouche artificielle à saumon.

Il est superflu de dire que les engins doivent
être, avec un pareil gibier, d'une solidité excessive.

On se trouvera bien aussi de se servir du *moulinet*. — Voir ce mot au vocabulaire.

On pêche également le saumon en eschant avec un chevesne ou tout autre gros poisson commun.

Nous empruntons à John Fischer quelques détails intéressants sur ce poisson voyageur :

« Les plus petits saumons, qui remontent les rivières, ont toujours au moins de 40 à 50 centimètres de longueur ; on les appelle alors *tacons*. Généralement, ils ne font ce voyage qu'à une époque postérieure à celle où partent les gros saumons.

« Le saumon a atteint son entier développement vers l'âge de six ans ; sa taille moyenne est alors de 1 mètre 20 à 1 mètre 40 et son poids de 6 à 7 kilogrammes ; mais on en pêche assez fréquemment en Ecosse et en Suède du poids de 30 à 35 kilogrammes et dont quelques-uns atteignent près de deux mètres de longueur.

« La force musculaire du saumon est très grande ; il remonte les courants les plus rapides et franchit en s'élançant des obstacles verticaux de plusieurs mètres. Mais cette force a des limites, et quand les barrages et les constructions hydrauliques des usines, placés en travers des cours d'eau ne sont pas mis à sa portée, ils en excluent complètement ce poisson. C'est là une des principales causes de la désertion du saumon, de nos rivières où il était si abondant autrefois.

« Il y a un siècle à peine, le saumon entrait pour une large part dans l'alimentation du peuple ; il était commun à ce point que, dans beaucoup de provinces, les domestiques stipulaient dans leur engagement qu'on ne pourrait leur faire manger du *poisson rouge* (saumon) plus de deux fois par semaine. Le kilogramme de saumon coûtait alors de 25 à 30 centimes et nous voyons, par un acte de 1774, qu'à Strasbourg, le saumon se vendait encore 20 centimes la livre : il coûte aujourd'hui de 3 à 4 francs. Il y a moins d'un siècle, on pêchait chaque année, de décembre à mai, 3 à 4,000 saumons de 10 à 20 livres au barrage du Pont-du-Château, sur l'Allier, où ils arrivaient par la Loire. La pêche n'était pas moins fructueuse au Pont-de-Cé, à Saumur et à Tours, de même que dans la Vienne et la plupart des affluents de la Loire. Le saumon, qui remontait jusqu'à Pont-Gibaud au siècle dernier, où il fournissait une redevance de 1,200 saumons, n'y paraît plus maintenant. »

Savetier

Autre désignation de l'*Epinoche*. — Voir ce mot.

Tanche

C'est surtout dans les étangs que l'on rencontre la tanche, poisson de fond, qui cherche sa nourriture dans la vase. Son appât de prédilection est la sangsue ; mais comme on n'en a pas toujours sous la main, on peut la remplacer par un beau ver de terre ou une petite limace.

Comme la carpe, la tanche demande à être bien amorcée, et cela longtemps avant que l'on commence à pêcher. Nous recommandons le sang caillé.

La ligne sera solide, car ce poisson est quelquefois assez gros, et on pêchera plomb à terre, sans flotteur ; avec un peu d'habitude, on arrivera à ferrer plus sûrement ainsi qu'avec une flotte.

La tanche n'attaque pas franchement. Lorsqu'elle aura saisi l'appât, laissez-la aller jusqu'à ce que vous soyez à bout de ligne : ferrez alors, mais d'un coup de poignet moelleux.

Pendant les chaleurs, la tanche se trouve souvent entre deux eaux et, en pêchant un peu au-dessous de la surface, vous aurez des chances d'en capturer.

Après un orage, vous pouvez encore prendre à la surface ce poisson qui vient s'y ébattre à la recherche d'insectes et de moucherons.

Aussitôt que vous aurez pris une tanche, faites-lui avaler quelques gouttes de vinaigre, essuyez ensuite la bave qui suintera de tout son corps ; de cette façon, le goût de vase qu'elle a d'ordinaire disparaîtra presque complètement.

Truite

Le poisson le plus recherché, tant pour la délicatesse de sa chair que pour l'émouvante lutte à laquelle sa capture donne lieu, c'est sans contredit la truite.

Ses endroits favoris sont les cours d'eau rapides, frais, à fonds rocailleux, descendant en torrents des montagnes.

C'est aussi dans ces rivières que la truite est le plus ferme et le plus savoureux.

La pêche la plus en vogue, pour la capture de la truite, est celle à la mouche artificielle.

Nous avons donné au chapitre *Appâts* la ma-

Fig. 22. — Mouche de mai.

nière de fabriquer les mouches artificielles. Ajoutons-y un modèle très simple, qui peut figurer la mouche dite *de mai,* et dont on tirera un bon parti pour prendre la truite.

Voici comment on doit se servir des mouches :

A une gaule très flexible et fort solide, attachez un cordonnet de soie ou plusieurs crins tordus ensemble ; la monture sera faite d'une bonne racine, à laquelle s'adaptera l'hameçon no 8 ou 9, sur lequel est monté la mouche artificielle. Il n'y aura ni plomb ni flotte.

Placez-vous auprès d'un haï, d'une chute d'eau ou d'un moulin et, si le temps est couvert ou qu'il y ait eu un orage quelques heures avant votre pêche, vous verrez la truite courir de ci, de là, à la recherche des insectes que l'orage aura fait tomber à l'eau.

Le point principal, c'est d'envoyer votre mouche de façon qu'elle tombe auprès de l'endroit où vous supposez que se tient la truite.

Pour arriver à ce résultat, vous saisissez à deux mains votre gaule, vous la courbez sur votre gauche en arc de cercle ; puis, lâchant de la main gauche, vous donnez comme un brusque coup de fouet.

Avec un peu d'exercice, vous arriverez à lancer votre mouche assez loin et très juste.

Si le vent, trop fort, vous est contraire, placez-vous de façon à le recevoir dans le dos et à vous en faire aider ainsi pour jeter votre appât. Attention aux arbres qui bordent la rive : on s'y accroche facilement ; on accroche même les oreilles des voisins ou les siennes propres.

Enfin, votre appât étant tombé à l'endroit désiré, faites-le sautiller doucement à la surface en imitant, autant que possible, les efforts d'un insecte qui essaye de regagner la rive.

Si une truite en embuscade l'aperçoit, elle fondra sur cette proie avec une impétuosité extraordinaire.

Répondez à cet élan par un coúp de poignet non moins impétueux, car la truite doit se trouver ferrée avant d'avoir reconnu... son erreur, sans quoi, ouvrant grande la bouche, elle rejetterait aussitôt le leurre.

Nous supposons que vous avez été assez heureux pour ferrer à temps et que la truite gigote au bout de votre ligne.

Maintenez solidement et presque verticalement votre scion, car la truite est un des poissons les plus vigoureux ; promenez-la à droite et à gauche et, lorsque vous la sentirez suffisamment fatiguée, sortez lui légèrement la tête hors de l'eau ; puis, sans secousse, amenez-la sur la berge.

On obtiendra, dans cette pêche, les meilleurs

résultats si l'on opère après un violent orage ou par un temps brumeux avec léger vent. Le moment le plus favorable est de 8 heures du matin à 3 heures de l'après-midi et à partir seulement du mois d'avril ; avant cette époque, la truite ne se prend pas à la mouche artificielle.

Pour la pêche à la surface, la sauterelle ardoisée, teintée de rouge, est aussi un excellent appât, la ligne sera la même que pour la pêche à la mouche artificielle ; l'hameçon, un n°9 ou 10. Voir au chapitre *Appâts* la manière de fixer la sauterelle à l'hameçon.

Si la sauterelle est bien vivante, la manœuvre est peu compliquée et on a qu'à attendre, en laissant la sauterelle s'agiter d'elle-même, le bon vouloir de la truite.

Si au contraire l'insecte est mort, on peut le lester d'une petite balle de plomb et le promener à quelques centimètres au-dessous de la surface.

Mais la truite n'est pas toujours à la surface ; bien souvent elle se promène, rasant le fond de la rivière ; dans ce cas, on peut la tenter et la prendre en lui offrant un beau ver de terre ou de terreau fixé à un hameçon n° 6 ou 7 et lesté de plusieurs petits morceaux de plomb.

On descend l'appât à quelques centimètres du fond, ce qu'on règle par le flotteur nécessaire dans cette pêche, et on laisse l'esche suivre le courant, en se tenant assez près du bord de la rivière.

Le scion, se courbant subitement, vous apprendra que la truite a attaqué ; ne ferrez que lorsque le flotteur plonge franchement ou part au large, car, avec le ver, la truite attaque si brutalement qu'elle se prend à fond.

Au surplus, cet appât est généralement saisi par de jeunes truites, douées d'un tyrannique appétit.

Les petits poissons morts ou vivants, les poissons artificiels et la cuiller donnent aussi d'excellents résultats.

Si on pêche au poisson mort, on emploiera la même ligne que précédemment et de préférence un véron, que l'on fixera à la ligne par plusieurs hameçons doubles ou simples numéros 6 ou 8.

On devra alors se placer auprès d'une chute d'eau ou d'un haï et jeter le poisson au-dessous de soi, afin de lui faire lentement remonter le courant.

On recommencera cette manœuvre jusqu'à ce qu'une truite attaque.

Si vous pêchez au poisson vivant, prenez une loche ou un goujon que vous fixerez de la façon qu'il est dit au chapitre *Appâts*.

Jetez à l'eau, après avoir suffisament lesté; afin que le vif ne remonte pas à la surface.

Le flotteur devra être placé de manière que le poisson-appât nage entre deux eaux.

Il est nécessaire, ici, de ferrer au premier plongeon du flotteur, et, si la bête est manquée on fera bien de changer de place, ou d'attendre une heure ou deux avant de jeter de nouveau sa ligne à l'eau.

La saison la plus favorable pour la pêche au vif, est le moment où la truite vient de frayer: généralement de février à avril.

Pour la pêche au poisson artificiel et à la cuiller, nous avons déjà décrit plus haut les manières de les utiliser. — Voir aux *Appâts*.

De quelque façon qu'on pêche la truite, on se trouvera bien de l'emploi du moulinet.

Vandoise

La vandoise est un joli petit poisson, dont les allures sont si rapides, qu'on lui a donné le surnom de *dard*.

Sa chair est peu délicate, mais elle rend quelques services dans la pêche au vif.

Elle habite les eaux vives, et se trouve souvent en compagnie des ablettes ou des goujons dont elle partage les goûts. Elle a cependant une préférence marquée pour le ver d'eau.

Pour la pêcher, employez cet appât lorsque la saison le permet, et pour le surplus, conformez-vous à ce qui a été dit pour l'ablette. Tenez compte aussi que la vandoise est généralement plus grosse. Sa taille atteint quelquefois 25 centimètres

On prend aussi assez facilement ce poisson en pêchant à la surface, avec une mouche ordinaire comme appât.

Véron

C'est l'un des plus petits habitants de nos rivières; sa taille dépasse rarement 7 à 8 centimètres. Il se plaît aux abords des abattoirs, des bouches d'égout, des moulins, etc. ; mais on le trouve aussi en abondance dans les eaux limpides, et sa friture, alors, égale presque celle du goujon

On le prend à l'asticot ou au ver rouge fixé sur un ou plusieurs hameçons 15 ou 16, et si sa petitesse le déprécie aux yeux des pêcheurs, les quantités qu'on en peut prendre en peu de temps, dans certaines rivières où il fourmille, établissent une compensation relative.

Les pêcheurs le recherchent surtout comme appât pour la truite, le brochet et la perche.

CHAPITRE VII

Lois et Décrets
réglementant la pêche fluviale

Pour compléter cet ouvrage, nous croyons rendre service au lecteur en publiant les textes des lois et décrets qui réglementent la pêche dans les fleuves et rivières, et que la plupart connaissent fort mal.

Il s'ensuit que les uns s'exposent sans le savoir à des procès-verbaux fondés en droit, et que d'autres, au contraire, se laissent molester à tort par les gardes ou propriétaires de pêche.

Tous feront donc sagement de parcourir les lignes qui suivent, et dont nous avons éliminé les parties qui n'intéressent que l'administration et non le public:

Loi du 15 avril 1829.

ART. 1er. Le droit de pêche sera exercé au profit de l'Etat: — 1° Dans tous les fleuves, rivières, canaux et contre-fossés navigables ou flottables avec bateaux, trains ou radeaux, et dont l'entretien est à la charge de l'Etat ou de ses ayants cause; — 2° Dans les bras, noues, boires et fossés qui tirent leurs eaux des fleuves et rivières navigables ou flottables dans lesquels on peut en tout temps passer ou pénétrer librement en bateau de pêcheur, et dont l'entretien est également à la charge de l'Etat. — Sont toutefois exceptés les canaux et fossés existants, ou qui seraient creusés dans des propriétés particulières, et entretenus aux frais des propriétaires.

2. Dans toutes les rivières et canaux autres que ceux qui sont désignés dans l'article précédent, les propriétaires riverains auront, chacun de son côté, le droit de pêche jusqu'au milieu du cours de l'eau, sans préjudice des droits contraires établis par possession ou titre.

3. Des ordonnances, insérées au *Bulletin des Lois*, détermineront, après une enquête *de commodo et incommodo*, quelles sont les parties des fleuves et rivières et quels sont les canaux désignés dans les deux premiers paragraphes de l'article 1er, où le droit de pêche sera exercé au profit de l'Etat. — De semblables ordonnances fixeront les limites entre la pêche fluviale et la pêche maritime, dans les fleuves et rivières affluant à la mer. Ces limites seront les mêmes que celle de l'inscription maritime; mais la pêche qui se fera au-dessus du point où les eaux cesseront d'être salées sera soumise aux règles de police et de conservation établies pour la pêche fluviale. — Dans le cas où des cours d'eau seraient rendus ou déclarés navigables ou flottables, les propriétaires qui seront privés du droit de pêche, auront droit à une indemnité préalable qui sera réglée selon les formes prescrites par les articles 16, 17 et 18 de la loi du 8 mars 1810, compensation faite des avantages qu'ils pourraient retirer de la disposition prescrite par le gouvernement.

4...

5. Tout individu qui se livrera à la pêche sur les fleuves et rivières navigables ou flottables, canaux, ruisseaux ou cours d'eau quelconques, sans la permission de celui à qui le droit de pêche appartient, sera condamné à une amende de vingt francs au moins, et de cent francs au plus, indépendamment des dommages-intérêts. — Il y aura lieu, en outre, à la restitution du prix du poisson qui aura été pêché en délit, et la confiscation des filets ou engins de pêche pourra être prononcée. — Néanmoins, il est permis à tout individu de pêcher à la ligne flottante, tenue à la main, dans les fleuves, rivières et canaux désignés dans les deux premiers paragraphes de l'article 1er de la présente loi, le temps du frai excepté.

6 à 9...

10. La pêche au profit de l'Etat sera exploitée, soit par voie

d'adjudication publique, soit par concession de licences à prix d'argent. — Le mode de concession par licences ne sera employé que lorsque l'adjudication aura été tentée sans succès. Toutes les fois que l'adjudication d'un cantonnement de pêche n'aura pu avoir lieu, il sera fait mention, dans le procès-verbal de la séance, des mesures qui auront été prises pour donner toute la publicité possible à la mise en adjudication, et des circonstances qui se seront opposées à la location.

11. L'adjudication publique devra être annoncée au moins quinze jours à l'avance par des affiches apposées dans le chef-lieu du département, dans les communes riveraines du cantonnement et dans les communes environnantes.

12. Toute location faite autrement que par adjudication publique sera considérée comme clandestine et déclarée nulle. Les fonctionnaires et agents qui l'auraient ordonnée ou effectuée seront condamnés solidairement à une amende égale au double du fermage actuel du cantonnement de pêche. — Sont exceptées les concessions par voie de licence.

13. Sera de même annulée toute adjudication qui n'aura point été précédée des publications et affiches prescrites par l'article 11, ou qui aura été effectuée dans d'autres lieux, à autres jour et heure que ceux qui auront été indiqués par les affiches ou les procès-verbaux de remise en location. — Les fonctionnaires ou agents qui auraient contrevenu à ces dispositions seront condamnés solidairement à une amende égale à la valeur annuelle du cantonnement de pêche, et une amende pareille sera prononcée contre les adjudicataires en cas de complicité.

14. Toutes les contestations qui pourront s'élever pendant les opérations d'adjudication, soit sur la validité desdites opérations, soit sur la solvabilité de ceux qui auront fait des offres et de leurs cautions, seront décidées immédiatement par le fonctionnaire qui présidera la séance d'adjudication.

15. Ne pourront prendre part aux adjudications, ni par eux-mêmes ni par personnes interposées, directement ou indirectement, soit comme parties principales, soit comme associés ou cautions : — 1° Les agents et gardes forestiers et les gardes-pêche, dans toute l'étendue du territoire de la République ; les fonctionnaires chargés de présider ou de concourir aux adjudications, et les receveurs du produit de la pêche, dans toute l'étendue du territoire où ils exercent leurs fonctions ; — en cas de contravention, ils seront punis d'une amende qui ne pourra excéder le quart ni être moindre du douzième du montant de l'adjudication ; et ils seront, en outre, passibles de l'empri-

sonnement et de l'interdiction qui sont prononcés par l'article 175 du Code pénal ; — 2º Les parents et alliés en ligne directe, les frères et beaux-frères, oncles et neveux des agents et gardes forestiers et gardes-pêche, dans toute l'étendue du territoire pour lequel ces agents ou gardes sont commissionnés ; — en cas de contravention, ils seront punis d'une amende égale à celle qui est prononcée par le paragraphe précédent ; — 3º Les conseillers de préfecture, les juges, officiers du ministère public et greffiers des tribunaux de première instance, dans tout l'arrondissement de leur ressort ; — en cas de contravention, ils seront passibles de tous dommages et intérêts, s'il y a lieu. — Toute adjudication qui sera faite en contravention aux dispositions du présent article sera déclarée nulle.

16. Toute association secrète, toute manœuvre entre les pêcheurs ou autres, tendant à nuire aux adjudications, à les troubler ou à obtenir les cantonnements de pêche à plus bas prix, donnera lieu à l'application des peines portées par l'article 412 du Code pénal, indépendamment de tous dommages-intérêts ; et si l'adjudication a été faite au profit de l'association secrète ou des auteurs desdites manœuvres, elle sera déclarée nulle.

17 à 22...

23. Nul ne pourra exercer le droit de pêche dans les fleuves et rivières navigables ou flottables, les canaux, ruisseaux, ou cours d'eau quelconques, qu'en se conformant aux dispositions suivantes.

24. Il est interdit de placer dans les rivières navigables ou flottables, canaux et ruisseaux, aucun barrage, appareil ou établissement quelconque de pêcherie, ayant pour objet d'empêcher entièrement le passage du poisson. — Les délinquants seront condamnés à une amende de cinquante francs à cinq cents francs et, en outre, aux dommages-intérêts ; et les appareils ou établissements de pêche seront saisis et détruits.

25. Quiconque aura jeté dans les eaux des drogues ou appâts qui sont de nature à enivrer le poisson ou à le détruire sera puni d'une amende de trente francs à trois cents francs et d'un emprisonnement d'un mois à trois mois.

26. Des ordonnances détermineront : — 1º Les temps, saisons et heures pendant lesquels la pêche sera interdite dans les rivières et cours d'eau quelconques ; — 2º Les procédés et modes de pêche qui, étant de nature à nuire au repeuplement des rivières, devront être prohibés ; — 3º Les filets, engins et instruments de pêche qui seront défendus comme étant aussi de nature à nuire au repeuplement des rivières ; — 4º Les dimen-

sions de ceux dont l'usage sera permis dans les divers départe-, ments pour la pêche des différentes espèces de poissons ; — 5° Les dimensions au-dessous desquelles les poissons de certaines espèces qui seront désignées ne pourront être pêchés et devront être rejetés en rivière ; — 6° Les espèces de poissons avec lesquelles il sera défendu d'appâter les hameçons, nasses, filets ou autres engins.

27. Quiconque se livrera à la pêche pendant les temps, saisons et heures prohibés par les ordonnances sera puni d'une amende de trente à deux cents francs.

28. Une amende de trente à cent francs sera prononcée contre ceux qui feront usage, en quelque temps et en quelque fleuve, rivière, canal ou ruisseau que ce soit, de l'un des procédés ou modes de pêche ou de l'un des instruments ou engins de pêche prohibés par les ordonnances. — Si le délit a eu lieu pendant le temps du frai, l'amende sera de soixante à deux cents francs.

29. Les mêmes peines seront prononcées contre ceux qui se serviront, pour une autre pêche, de filets permis seulement pour celle du poisson de petite espèce. — Ceux qui seront trouvés porteurs ou munis, hors de leur domicile, d'engins ou instruments de pêche prohibés, pourront être condamnés à une amende qui n'excèdera pas vingt francs, et à la confiscation des engins ou instruments de pêche, à moins que ces engins ou instruments ne soient destinés à la pêche dans des étangs ou réservoirs.

30. Quiconque pêchera, colportera ou débitera des poissons qui n'auront point les dimensions déterminées par les ordonnances, sera puni d'une amende de vingt à cinquante francs, et de la confiscation desdits poissons. — Sont néanmoins exceptées de cette disposition les ventes de poissons provenant des étangs ou réservoirs. — Sont considérés comme des étangs ou réservoirs les fossés et canaux appartenant à des particuliers, dès que leurs eaux cessent naturellement de communiquer avec les rivières.

31. La même peine sera prononcée contre les pêcheurs qui appâteront leurs hameçons, nasses, filets ou autres engins avec des poissons des espèces prohibées, qui seront désignées par les ordonnances.

32 à 35 ....

36. Le Gouvernement exerce la surveillance et la police de la pêche dans l'intérêt général. — En conséquence, les agents spéciaux par lui institués à cet effet, ainsi que les gardes

champêtres, éclusiers des canaux et autres officiers de police judiciaire sont tenus de constater les délits qui sont spécifiés aux art. 23 et suiv. de la présente loi, en quelques lieux qu'ils soient commis ; et lesdits agents spéciaux exerceront, conjointement avec les officiers du ministère public, toutes les poursuites et actions en réparations de ces délits. — Les mêmes agents et gardes de l'administration, les gardes champêtres, les éclusiers, les officiers de police judiciaire, pourront constater également le délit spécifié en l'article 5, et ils transmettront leurs procès-verbaux au procureur de la République.

37. Les gardes-pêche nommés par l'administration sont assimilés aux gardes forestiers.

38. Ils recherchent et constatent par procès-verbaux les délits dans l'arrondissement du tribunal près duquel ils sont assermentés.

39. Ils sont autorisés à saisir les *filets et autres instruments de pêche prohibés*, ainsi que le *poisson pêché en délit*.

40. Les gardes-pêche ne pourront, sous aucun prétexte, s'introduire dans les maisons et enclos y attenant pour la recherche des filets prohibés.

41. Les filets et engins de pêche qui auront été saisis comme prohibés, ne pourront, dans aucun cas, être remis sous caution ; ils seront déposés au greffe, et y demeureront jusqu'après le jugement pour être ensuite détruits. — Les filets non prohibés dont la confiscation aurait été prononcée en exécution de l'article 5, seront vendus au profit du Trésor. — En cas de refus, de la part des délinquants, de remettre immédiatement le filet déclaré prohibé après la sommation du garde-pêche, ils seront condamnés à une amende de cinquante francs.

42. Quant au poisson saisi pour cause de délit, il sera vendu sans délai dans la commune la plus voisine du lieu de la saisie, à son de trompe et aux enchères publiques, en vertu d'ordonnance du juge de paix ou de ses suppléants, si la vente a lieu dans un chef-lieu de canton ou, dans le cas contraire, d'après l'autorisation du maire de la commune : ces ordonnances ou autorisations seront délivrées sur la requête des agents ou gardes qui auront opéré la saisie, et sur la présentation du procès-verbal régulièrement dressé et affirmé par eux. — Dans tous les cas, la vente aura lieu en présence du receveur des domaines, et, à défaut, du maire ou adjoint de la commune, ou du commissaire de police.

43. Les gardes-pêche ont le droit de requérir directement la force publique pour la répression des délits *en matière de* *pêche,* ainsi que pour la saisie des filets prohibés **et du poisson pêché en délit.**

44 à 51. . . . .

52. Les délits en matière de pêche seront prouvés, soit par procès-verbaux, soit par témoins, à défaut de procès-verbaux ou en cas d'insuffisance de ces actes.

53. Les procès-verbaux revêtus de toutes les formalités prescrites et qui sont dressés et signés par deux agents ou gardes-pêche, font preuve, jusqu'à inscription de faux, des faits matériels relatifs aux délits qu'ils constatent, quelles que soient les condamnations auxquelles ces délits peuvent donner lieu. — Il ne sera, en conséquence, admis aucune preuve outre ou contre le contenu de ces procès-verbaux, à moins qu'il n'existe une cause légale de récusation contre l'un des signataires.

54. Les procès-verbaux revêtus de toutes les formalités prescrites, mais qui ne seront dressés et signés que par un seul agent ou *garde-pêche,* feront de même preuve suffisante jusqu'à inscription de faux, mais seulement lorsque le délit n'entraînera pas une condamnation de plus de cinquante francs, tant pour amende que pour dommages-intérêts.

55. Les procès-verbaux qui, d'après les dispositions qui précèdent, ne font point foi et preuve suffisante jusqu'à inscription de faux, peuvent être corroborés et combattus par toutes les preuves légales, conformément à l'art. 154 du Code d'instruction criminelle.

56. Le prévenu qui voudra s'inscrire en faux contre le procès-verbal, sera tenu d'en faire par écrit et en personne, ou par un fondé de pouvoir spécial par acte notarié, la déclaration au greffe du tribunal avant l'audience indiquée par la citation. — Cette déclaration sera reçue par le greffier du tribunal; elle sera signée par le prévenu ou son fondé de pouvoir; et dans le cas où il ne saurait ou ne pourrait signer, il en sera fait mention expresse. — Au jour indiqué pour l'audience, le tribunal donnera acte de la déclaration, et fixera un délai de huit jours au moins et de quinze jours au plus, pendant lequel le prévenu sera tenu de faire au greffe le dépôt des moyens de faux, et des noms, qualités et demeures des témoins qu'il voudra faire entendre. — A l'expiration de ce délai, et sans qu'il soit besoin d'une citation nouvelle, le tribunal admettra les moyens de faux, s'ils sont de nature à détruire l'effet du procès-verbal, et il sera procédé sur le faux conformément aux lois. — Dans le cas contraire, et faute par le prévenu d'avoir rempli toutes les formalités ci-dessus prescrites, le tribunal déclarera qu'il n'y a lieu à admettre les moyens de faux, et ordonnera qu'il soit passé outre au jugement.

57. Le prévenu contre lequel aura été rendu un jugement par défaut, sera encore admissible à faire sa déclaration d'inscription de faux pendant le délai qui lui est accordé par la loi pour se présenter à l'audience sur l'opposition par lui formée.

58. Lorsqu'un procès-verbal sera rédigé contre plusieurs prévenus, et qu'un ou quelques-uns d'entre eux seulement s'inscriront en faux, le procès-verbal continuera de faire foi à l'égard des autres, à moins que le fait sur lequel portera l'inscription de faux ne soit indivisible et commun aux autres prévenus.

59. Si, dans une instance en réparation de délit, le prévenu excipe d'un droit de propriété ou de tout autre droit réel, le tribunal saisi de la plainte statuera sur l'incident. — L'exception préjudicielle ne sera admise qu'autant qu'elle sera fondée, soit sur titre apparent, soit sur des faits de possession équivalents, articulés avec précision, et si le titre produit ou les faits articulés sont de nature, dans le cas où ils seraient reconnus par l'autorité compétente, à ôter au fait qui sert de base aux poursuites tout caractère de délit. — *Dans le cas de renvois à fins civiles,* le jugement fixera un bref délai, dans lequel la partie qui aura élevé la question préjudicielle devra saisir les juges compétents de la connaissance du litige et justifier de ses diligences; sinon il sera passé outre. Toutefois, en cas de condamnation, il sera sursis à l'exécution du jugement sous le rapport de l'emprisonnement, s'il était prononcé, et le montant des amendes, restitutions et dommages-intérêts, sera versé à la Caisse des dépôts et consignations, pour être remis à qui il sera ordonné par le tribunal qui statuera sur le fond de droit.

60 à 61. . . . .

62. Les actions en réparation de délits en matière de pêche se prescrivent par un mois à compter du jour où les délits ont été constatés, lorsque les prévenus sont désignés dans les procès-verbaux. Dans le cas contraire, le délai de prescription est de trois mois à compter du même jour.

63 à 68. . . . .

69. Dans le cas de récidive, la peine sera toujours doublée. — Il y a récidive, lorsque, dans les douze mois précédents, il a été rendu contre le délinquant un premier jugement pour délit en matière de pêche.

70. Les peines seront également doublées, lorsque les délits auront été commis la nuit.

71. Dans tous les cas où il y aura lieu à adjuger des dom-

mages-intérêts, ils ne pourront être inférieurs à l'amende simple prononcée par le jugement.

72. Dans tous les cas prévus par la présente loi, si le préjudice causé n'excède pas vingt-cinq francs, et si les circonstances paraissent atténuantes, les tribunaux sont autorisés à réduire l'emprisonnement même au-dessous de six jours, et l'amende même au-dessous de seize francs : ils pourront aussi prononcer séparément l'une ou l'autre de ces peines, sans qu'en aucun cas elle puisse être au-dessous des peines de simple police.

73. Les restitutions et dommages-intérêts appartiennent aux fermiers, porteurs de licences et propriétaires riverains, si le délit est commis à leur préjudice ; mais lorsque le délit a été commis par eux-mêmes au détriment de l'intérêt général, ces dommages-intérêts appartiennent à l'Etat. — Appartiennent également à l'Etat toutes les amendes et confiscations.

74. Les maris, pères, mères, tuteurs, fermiers et porteurs de licences, ainsi que tous propriétaires, maîtres et commettants, seront civilement responsables des délits en matière de pêche commis par leurs femmes, enfants mineurs, pupilles, bateliers et compagnons, et tous autres subordonnés, sauf tout recours de droit. — Cette responsabilité sera réglée conformément à l'article 1884 du Code civil.

75 à 83. . . . .

Loi du 31 mai 1865

ART. 1er. Des décrets rendus en Conseil d'Etat, après avis des Conseils généraux de département, détermineront : — 1o Les parties des fleuves, rivières, canaux et cours d'eau réservés pour la reproduction, et dans lesquelles la pêche des diverses espèces de poissons sera absolument interdite pendant l'année entière ; — 2o Les parties des fleuves, rivières, canaux et cours d'eau dans les barrages desquels il pourra être établi, après enquête, un passage appelé *échelle*, destiné à assurer la libre circulation du poisson.

2. L'interdiction de la pêche pendant l'année entière ne pourra être prononcée pour une période de plus de cinq ans. Cette interdiction pourra être renouvelée.

3. Les indemnités auxquelles auront droit les propriétaires riverains qui seront privés du droit de pêche par application de l'article précédent seront réglées par le Conseil de préfecture, après expertise, conformément à la loi du 16 septembre 1807. — Les indemnités auxquelles pourra donner lieu l'établissement

d'échelles dans les barrages existants seront réglées dans les mêmes formes.

4. A partir du 1er janvier 1866, des décrets, rendus sur la proposition des ministres de la marine et de l'agriculture, du commerce et des travaux publics, régleront d'une manière uniforme, pour la pêche fluviale et pour la pêche maritime, dans les fleuves, rivières, canaux affluant à la mer : — 1° Les époques pendant lesquelles la pêche des diverses espèces de poissons sera interdite ; — 2° Les dimensions au-dessous desquelles certaines espèces ne pourront être pêchées.

5. Dans chaque département, il est interdit de mettre en vente, de vendre, d'acheter, de transporter, de colporter, d'exporter et d'importer les diverses espèces de poissons, pendant le temps où la pêche en est interdite, en exécution de l'article 26 de la loi du 15 avril 1829. — Cette disposition n'est pas applicable aux poissons provenant des étangs ou réservoirs définis en l'article 30 de la loi précitée.

6. L'administration pourra donner l'autorisation de prendre et de transporter, pendant le temps de la prohibition, le poisson destiné à la reproduction.

7. L'infraction aux dispositions de l'article 1er et du premier paragraphe de l'article 5 de la présente loi sera punie des peines portées par l'article 27 de la loi du 15 avril 1829, et, en outre, le poisson sera saisi et vendu sans délai, dans les formes prescrites par l'article 42 de la dite loi. — L'amende sera double et les délinquants pourront être condamnés à un emprisonnement de dix jours à un mois : — 1° Dans les cas prévus par les articles 69 et 70 de la loi du 15 avril 1829 ; — 2° Lorsqu'il sera constaté que le poisson a été enivré ou empoisonné ; — 3° Lorsque le transport aura lieu par bateaux, voitures ou bêtes de somme. — La recherche du poisson pourra être faite, en temps prohibé, à domicile, chez les aubergistes, chez les marchands de denrées comestibles et dans les lieux ouverts au public.

8. Les dispositions relatives à la pêche et au transport des poissons s'appliquent au frai de poissons et à l'alevin.

9. ....

10. Les infractions concernant la pêche, la vente, l'achat, le transport, le colportage, l'exportation et l'importation du poisson seront recherchées et constatées par les agents des douanes, les employés des contributions indirectes et des octrois, ainsi que par les autres agents autorisés par la loi du 15 avril 1829 et par le décret du 9 janvier 1852.

11, 12. ....

Loi du 10 août 1875, complétée par les décrets
du 27 décembre 1889 et du 9 avril 1892.

ART. 1er. — Les époques pendant lesquelles la pêche est interdite, en vue de protéger la reproduction du poisson, sont fixées comme il suit : — 1º Du 30 septembre *exclusivement* au 10 janvier *inclusivement* est interdite la pêche du saumon ; — 2º Du 20 octobre *exclusivement* au 31 janvier *inclusivement* est interdite la pêche de la truite et de l'ombre-chevalier ; — 3º Du 15 novembre *exclusivement* au 31 décembre *inclusivement*, est interdite la pêche du lavaret ; — 4º Du lundi qui suit le 15 avril *inclusivement* au dimanche qui suit le 15 juin *exclusivement*, est interdite la pêche de tous les autres poissons et de l'écrevisse ; — si le lundi qui suit le 15 avril est un jour férié, l'interdiction est retardée de vingt-quatre heures. — Les interdictions prononcées dans les paragraphes précédents s'appliquent à tous les procédés de pêche, même à la ligne flottante tenue à la main.

2. Les préfets peuvent, par des arrêtés rendus après avoir pris l'avis des Conseils généraux, soit pour tout le département, soit pour certaines parties du département, soit pour certains cours d'eau déterminés : — 1º Interdire exceptionnellement la pêche de toutes espèces de poissons pendant l'une ou l'autre période, lorsque cette interdiction est nécessaire pour protéger les espèces prédominantes ; — 2º Augmenter, pour certains poissons désignés, la durée desdites périodes, sous la condition que les périodes ainsi modifiées comprennent la totalité de l'intervalle de temps fixé par l'article 1er ; — 3º Excepter de la seconde période la pêche de l'alose, de l'anguille, de la lamproie, ainsi que des autres poissons vivant alternativement dans les eaux douces et les eaux salées ; — 4º Fixer une période d'interdiction pour la pêche de la grenouille.

3. Des publications sont faites dans les communes, dix jours au moins avant le début de chaque période d'interdiction de la pêche, pour rappeler les dates du commencement et de la fin de ces périodes.

4. Quiconque, pendant la période d'interdiction, transporte ou débite des poissons dont la pêche est prohibée, mais qui proviennent des étangs et réservoirs, est tenu de justifier de l'origine de ces poissons.

5. Les poissons saisis et vendus aux enchères, conformément

à l'article 42 de la loi du 15 avril 1829, ne peuvent pas être exposés de nouveau en vente.

6. La pêche n'est permise que depuis le lever jusqu'au coucher du soleil. — Toutefois, la pêche de l'anguille, de la lamproie et de l'écrevisse peut être autorisée après le coucher et avant le lever du soleil, dans les cours d'eau désignés et aux heures fixées par des arrêtés préfectoraux, rendus après avis des Conseils généraux. Ces arrêtés déterminent, pour l'anguille, la lamproie et l'écrevisse, la nature et les dimensions des engins dont l'emploi est autorisé. — La pêche du saumon et de l'alose peut être autorisée par des arrêtés préfectoraux, rendus après avis des Conseils généraux, pendant deux heures au plus après le coucher du soleil et deux heures au plus avant son lever, dans certains emplacements des fleuves et rivières navigables spécialement désignés.

7. Le séjour dans l'eau des filets et engins ayant les dimensions réglementaires est permis à toute heure, sous la condition qu'ils ne peuvent être placés et relevés que depuis le lever jusqu'au coucher du soleil.

8. Les dimensions au-dessous desquelles les poissons et écrevisses ne peuvent être pêchés même à la ligne flottante et doivent être immédiatement rejetés à l'eau sont déterminées comme il suit pour les diverses espèces : — 1o Les saumons et anguilles, quarante centimètres de longueur. — En ce qui concerne les saumons, la prescription s'applique indistinctement à tous les sujets de l'espèce n'ayant pas la dimension ci-dessus fixée, quels que soient d'ailleurs les différents noms dont on les désigne, suivant les localités : tacons, tocans, glizicks, glézys, guimoisons, cadets, orgeuls, castillons, reneys, etc. ; — 2o Les truites, ombres-chevaliers, ombres communs, carpes, brochets, barbeaux, brèmes, meuniers, muges, aloses, perches, gardons, tanches, lottes, lamproies et lavarets, quatorze centimètres de longueur ; — 3o Les soles, plies et flets, dix centimètres de longueur ; — Les écrevisses à pattes rouges, huit centimètres de longueur ; celles à pattes blanches, six centimètres de longueur. — La longueur des poissons ci-dessus mentionnés est mesurée de l'œil à la naissance de la queue ; celle de l'écrevisse, de l'œil à l'extrémité de la queue déployée.

9 à 13. ....

14. Il est interdit d'établir dans les cours d'eau des appareils ayant pour objet de rassembler le poisson dans des noues, boires, fossés ou mares dont il ne pourrait plus sortir, ou de le contraindre à passer par une issue garnie de pièges.

15. Il est également interdit : — 1o D'accoler aux écluses, barrages, chutes naturelles, pertuis, vannages, coursiers d'usines et échelles à poissons, des nasses, paniers et filets à demeure; — 2o De pêcher avec tout autre engin que la ligne flottante tenue à la main, dans l'intérieur des écluses, barrages, pertuis, vannages, coursiers d'usines et passages ou échelles à poissons, ainsi qu'à une distance moindre de trente-mètres en amont et en aval de ces ouvrages; — 3o De pêcher à la main, de troubler l'eau et de fouiller au moyen de perches sous les racines ou autres retraites fréquentées par le poisson; — 4o De se servir d'armes à feu, de poudre de mine, de dynamite ou de toute autre substance explosive.

16. . . . .

17. Il est interdit de pêcher dans les parties des rivières, canaux ou cours d'eau dont le niveau serait accidentellement abaissé, soit pour y opérer des curages ou travaux quelconques, soit par suite du chômage des usines ou de la navigation.

18 à 23. . . . .

Décret du 5 novembre 1891

ARTICLE UNIQUE. — Il est défendu d'employer des armes à feu ou des substances explosives contre le poisson. — Les contrevenants à cette interdiction seront punis des peines prévues aux articles 7 et 14 de la loi du 9 janvier 1852. La présence non autorisée, à bord d'un bateau quelconque, de matières explosives constitue, en outre, un délit prévu et puni par la loi du 8 mars 1875, et que les agents de la marine peuvent constater.

Extrait du Règlement du Préfet de la Seine

ART. 3. Ne pourront être pêchés et seront rejetés en rivière: — 1o les truites, carpes, barbeaux, ombres, brèmes, brochets, meuniers, ayant moins de 160 millimètres (5 pouces, 9 lignes) entre l'œil et la naissance de la nageoire de la queue; — 2o les tanches, perches, gardons, lottes et autres, ayant moins de 135 millimètres (5 pouces) également entre l'œil et la naissance de la queue; — 3o et les anguilles ayant moins de 75 millimètres (2 pouces, 8 lignes) de tour au milieu du corps.

Dans l'intérieur de la ville de Paris, la pêche est interdite avant l'ouverture et après la fermeture des ports. Cette défense ne concerne pas les bords de la Seine hors barrière.

REMARQUES DIVERSES
sur les droits du pêcheur.

Nous venons de donner les lois générales qui régissent la pêche ; nous appuyerons maintenant sur certains sujets particulièrement importants.

L'article 5 de la loi du 15 avril 1829 dit : « *Il est permis à tout individu de pêcher à la ligne flottante, tenue à la main, dans les fleuves, rivières, canaux, etc., navigables ou flottables.* »

Un jugement très intéressant est venu commenter ce point capital du droit du pêcheur à la ligne.

Nous en extrayons les principaux considérants :

....

« Considérant que, dans leur sens naturel, les mots *ligne flottante* indiquent une ligne que le mouvement seul de l'eau rend mobile et fugitive et qu'il faut que le pêcheur ramène sans cesse à lui ; qu'un usage constant a consacré cette interprétation ;

« Qu'il n'est resulté de l'usage de la ligne flottante ainsi définie, aucune conséquence de nature à faire croire que l'intention du législateur a été de la prohiber, soit dans un intérêt d'ordre public, soit dans l'intérêt des fermiers de la pêche, lorsqu'elle serait garnie de quelques plombs ajustés au poids de l'hameçon pour le maintenir perpendiculaire au liège ou flotteur indicateur, à une profondeur déterminée ;

« Qu'il suffit, pour que la ligne ne cesse pas d'être flottante, qu'elle soit soumise au mouvement du flot et du courant de l'eau, et, par conséquent, que l'appât ne repose pas au fond et n'y reste pas immobile ;

« Que la loi exige seulement que le pêcheur tienne à la main la canne destinée à rejeter la ligne en amont toutes les fois que le courant la fait flotter en aval à une trop grande distance ; que décider qu'une ligne n'est flottante que lorsqu'elle ne flotte qu'a la superficie de l'eau par le seul poids de l'hameçon, serait donner un sens restrictif aux expressions de l'article 5 ci-dessus, et rendre illusoire la permission de pêche à la ligne flottante résultant dudit article ;

. . . .

Avant ce jugement qui a été rendu le 21 mai 1851, par la Cour d'appel de Paris, et qui a donné gain de cause au prévenu, les gardes-pêche entendaient par ligne flottante, une ligne sans *lest*, ni *grains de plomb*.

Il ne faudrait pas conclure de là que la ligne, dite *de fond*, dont le plomb repose sur le lit de la rivière, est autorisée.

La pêche à la cuiller a donné lieu à de nombreux procès, et le droit de se servir de cet engin a été souvent dénié au pêcheur. Voici, rendues par différents tribunaux, plusieurs sentences qui sont de nature à tranquiliser les amateurs de ce procédé.

En juin 1887, le tribunal correctionnel de Lyon, renvoie sans dépens un prévenu des fins de la poursuite.

Le 1er juin 1888, un semblable procès avait lieu entre un pêcheur et la ville de Nantua, qui fût condamnée par le tribunal correctionnel de Nantua à 500 francs de dommages et intérêts envers le défendeur. Mécontente de son échec, la ville en appela devant la Cour d'appel de Lyon, qui confirma le jugement. La ville plaignante porta l'affaire devant la Cour de cassation, où le jugement fut encore maintenu.

Le tribiunal correctionnel de Fontainebleau rendait, le 21 septembre 1888, un jugement dans le même sens et renvoyait purement et simplement le prévenu des fins de la plainte.

Ces résultats concordants établissent suffisamment le droit de pêcher à la cuiller.

———

TABLE DES MATIÈRES

Voir ci-contre la **Table alphabétique**

TABLE ALPHABÉTIQUE DES MATIÈRES

Imprimerie du « Petit Troyen » G. ARBOUIN, 122, rue Thiers — Troyes

ŒUVRES COMPLÈTES

DE

MOLIÈRE

16 VOLUMES ACCOMPAGNÉS DE NOTES, REMARQUES, NOTICES
HISTORIQUES, ETC., ET D'UNE VIE DE MOLIÈRE

Chaque volume se vend séparément : **20** centimes

Les 16 volumes franco gare : **3** *fr.* **50**

En Vente

Chez tous les Libraires et Marchands de Journaux,
dans les Kiosques, Gares, etc.

*Envoi franco d'un volume par la poste, contre
30 centimes adressés à* M. A.-L. GUYOT, *12, rue Paul
Lelong, Paris.*

16   16

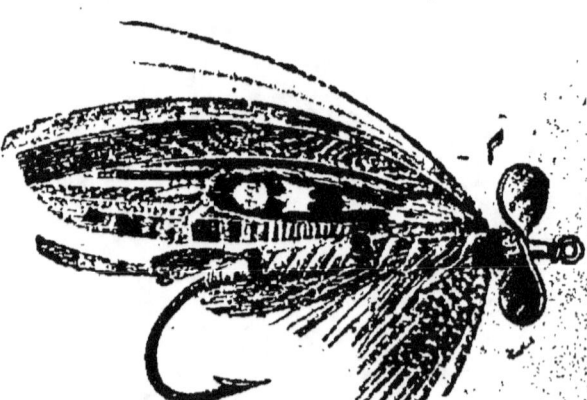

www.ingramcontent.com/pod-product-compliance
Lightning Source LLC
Chambersburg PA
CBHW070845030726
47504CB00005B/1228